KB206736

▍서당 개, 달보고 짖다 ▍

심
창
섭

sensibility miscellany

—

서당 개, 달보고 짖다

글 · 사진
심 창 섭

로맨스그레이^{romance+grey}를 꿈꾸며

어느 사이 세월이 꽤나 흘렀다.

미련을 비워야 한다면서 또 일을 저질렀다. 한동안 책 만드는 일에 몰두했다. 오랜만에 집중력은 삶의 활력소가 되었다. 이 순간이 행복해 멈출 수가 없었다. 숨찬 과욕이지만 더 행복해지고 싶기 때문이다.

개밥에 도토리마냥 뒤채이다가 불혹의 문턱에서 우렁각시 만나 어렵사리 상투를 틀었다. 의암호 언저리에 둥지 틀고 셔터누르기와 끼적임을 벗하며 살아가고 있다. 지워져가는 첫사랑이 잊힐까 임프란트 치아로 되새김질하며 그리움과 외로움 사이에서 조금씩 시들어가는 중이다.

지공선사地空禪師 자격을 얻은 지 이미 오래이다. 대통령의 이름을 함부로 불러도 무례해 보이지 않고, 식구들 앞에서 서슴없이 방귀도 뀔 수 있는 나이이다. 너무 느려 답답했고, 때론 너무 빨라 정신을 차릴 수 없었다. 그 세월의 뒤란에서 주절대던 혼잣말에 사진 몇 장 얹어 포장을 한다. 겉은 그럴듯할지 몰라도 사실은 흩어져 있던 원고를 모아담은 종합세트이다. 등단 14년 만에 엮는 감성 일변도의 어눌하고 부족한 첫 산문집이다.

'아무도 살아남지 못하는 게 인생이다'라 했다. 아득한 저편인줄 알았는데 불쑥 다가선 시간과의 마주침에 스스로 놀란다. 그 많은 날들이 낮 꿈을 꾸고 난 것처럼 한 순간이었다.

잠시 걸음을 멈추고 뒤돌아 내 발자국을 찾는다, 어느 것이 내 것인지 알수 없는 삶의 흔적이 미미하다. 기억력의 한계를 극복하고자 색 바랜 사진첩을 들춘다. 일희일비一喜一悲하던 내 젊음의 세월이 고스라니 담겨있다. 그곳에선 내가 주인공이었다. 그렇게 위로를 받는다.

흰머리와 주름살이 잘 어울리는 로맨스그레이romance+grey를 꿈꿨다. 매력있게 늙지 못하고 있지만 나이를 먹는 일이 부끄러운 일은 아니지 않는가. 화무백일홍花無百日紅이라 했으니 시들어가는 건 자연스러운 일이다. 터닝포인트turning point의 시점이다. 지난 생각이 어설퍼 내칠까 하다가 내 삶의 여정이고 사고思考였기에 부끄러움을 숨긴 채 밀어 넣었다. 문장과 사진을 교직交織한 것은 부족한 문학 감성을 감추기 위한 방법이다.

하찮은 글이지만 내 삶의 소소한 일상의 이야기를 통해 곰삭은 안개서정을 담으려 했다. 허나 개꼬리를 묵혀도 범의 꼬리가 될 수 없음을 잘 알고 있기에 주눅이 든다. 뚝배기 같은 삶이지만 이렇게 살아가는 것도 행복이라 자위自慰한다. 그 동안의 잡다한 상념想念을 반추反芻하며 타협과 순응의 보폭으로 스스로를 정돈하고자 한다.

부족한 삶의 노정路程에서 등대가 되어 주신 많은 분들의 격려와 질정叱正에 머리 숙여 감사드린다.

한해를 마무리하면서
樂涯 심 창 섭

index

프롤로그 prologue _ 04

일상을 엿보다

· 에움길 쉼표 _ 15
· 손목시계 _ 19
· 온라인 세상의 겨울잠 _ 24
· 창가의 난 _ 28
· 죄송해유~ _ 31
· 텃밭의 노래 _ 35
· 의자의 감수성을 훔치다 _ 41
· 텃밭에서 길을 묻다 _ 45
· 골목길의 사유 _ 49
· 안개골 신선 _ 53
· 흔들리는 일상 _ 60
· 젊은 날의 동화 _ 64

그리움을 읽다

· 새벽의 소리 _ 69

· 가끔은 네가 그립다 _ 72

· 골목길 단상 _ 78

· 삶은 그런 거였다 _ 83

· 느림의 발라드 _ 86

· 고향에서 고향을 그리다 _ 89

· 춘천의 봄 _ 94

· 타임머신 _ 99

· 손끝으로 다가오는 작은 행복 _ 103

· 군자란 _ 110

· 흔들리는 요람 _ 113

거울 속 그 사람

· 이름의 가치 _ 119

· 오수물 댁 셋째 사위 _ 123

· 차 한 잔 하시지요 _ 127

· 업둥이 _ 133

· 낯익은 듯, 정말 낯선 듯 _ 137

· 돋보기가 있는 풍경 _ 144

· 실버의 자존심 _ 147

· 망초 _ 154

· 나이 값 _ 157

· 하얀 낙조 _ 162

· 병상일기 _ 168

· 봄바람 _ 173

네모의 산책

· 천년 묵은 굴비 한 두름, 돌다리 _ 177
· 인연의 끈 _ 181
· 아직도 여행은 진행 중 _ 188
· 인감도장과 국새 _ 194
· 솔로몬의 미소 _ 199
· 유리벽 _ 204
· 소양정에 올라 _ 208
· 多不有時 _ 213
· 새끼손가락의 비애 _ 218
· 생강나무 _ 221
· 돌이끼 _ 226

울안의 풍경

· 인연 _ 231

· 현시대의 초상 _ 238

· 아내의 가출 _ 242

· 꿈을 꿀까, 꿈을 이룰까? _ 246

· 삶이 뭐 별거간디! _ 252

· 부정유감 _ 256

· 팔불출 _ 259

에필로그 epilogue
· 「서당 개, 달보고 짖다」를 읽고 / 박민수 문학박사 · 시인 _ 266

무심에 대하여

그대가 남기고 간 침묵이 / 텅 빈 행간에 음표로 남아있다 /
바람 한 점 없는 오후 소음과 무음의 경계 너머에서 /
비구름 다가오는데 / 돌아설 수 없는 미련남아 차마 떠날 수 없었다

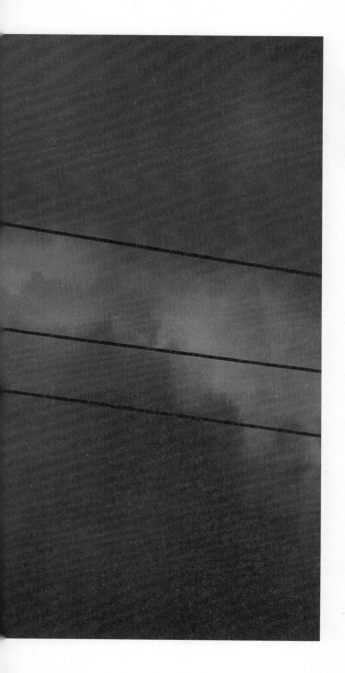

1
—
일
상
을 엿
보
다

sensibility miscellany
—
서당 개, 달보고 짖다

에움길 쉼표

겨울 강변길을 걸었다.

몸속에 피가 흐르듯, 쉼 없이 흐르는 물줄기를 따라 구불구불한 길을 천천히 걷는다. 숨어 있던 방랑벽의 응어리를 풀어 보고자 했다. 달팽이처럼 등에 가방 하나 둘러메고 진양조, 아다지오adagio의 느린 걸음이다.

개뿔!

시간이 남아돌고 배때기에 기름 낀 놈들의 유희遊戲라고 비아냥거렸던 나였다. 얼떨결에 그 틈에 합류合流했다. 국민소득 3만 달러 시대를 사는 트렌드trend라고 부추기는 언론의 영향이었는지도 모른다. 성서聖書 속 야곱이 걸었다는 산티아고 순례巡禮 길까지 회자膾炙되면서 걷기 열풍이 불었다. 삼다도 올레길을 시작으로 지리산 둘레 길, 서울 성곽 길 등 우후죽순雨後竹筍으로 걷기코스가 생겨났다. 걷는 사람들이 늘어나며 내가 사는 춘천에도 봄내길, 김유정길, 문인의 길 등 걷기 길이 만들어졌다.

처음엔 산책이라는 이름으로 동네주변을 어슬렁거렸다. 또 인근의 초등학교 작은 운동장을 쳇바퀴처럼 돌고 돌았다. 현대인에게 걷는다는 건 별도의 수고가 따라야 한다. 빠르고 편안한 자동차를 버리고 일부러 마음을 먹어야 할 수 있는 일이다. 만보기를 작동하고 숙제처럼 걷기문제를 풀어나가다 보니 나름 재미가 있다. 동네길이나 작은 운동장으로는 성이 차지 않았다. 강도强度를 한 단계 높였다. 지금은 사랑채로 밀려난 원창고개 옛 굽은 길과 삼악산 석파령 길을 차례로 섭렵涉獵했다. 느림의 미학美學이라는 용어도 마음에 들었다. 마음과 발길이 원하는 자유를 만끽하면서도 일상의 권태로움을 벗는 걷기 유혹에 서서히 빠져들었다. 혼자서 즐길 수 있는 걷기는 백수白手의 운동방법 중 최상이다. 운동화 한 켤레만 있으면 되었다. 주머니 사정이 그리 여유롭지 못한 나 같은 짠돌이에게 아주 적합했다. 또 등산처럼 힘들게 정상을 밟아야 하는 부담도 없다. 그저 그날의 컨디션에 맞는 속도와 보폭步幅으로 걸으면 되었다.

버릴 것도 없는 욕심을 비우며 사색思索의 시간을 즐겼다. 덕분에 몸은 가벼워지고 종아리는 단단해졌다. 하지만 홀로 걷는 먼 길은 적적寂寂하고 때론 지루했다. 어울림을 위해 몇몇의 의기意氣가 투합投合되었다. 경춘선 철길과 북한강 물길 사이로 힘줄처럼 이어진 강변길을 택했다. 북한강자전거 길을 따라 걷는 춘천에서 서울(퇴계원)까지 무려 이천리길. 구간區間을 나누기는 했지만 미련해보이고 무모한 도전이었다. 하지만 혼자가 아닌 함께였기에 완주完走가 가능했다.

괴나리봇짐 허리춤에서 흔들대던 짚신 대신, 짊어진 가방 속 보온병에 담긴 커피의 출렁거림과 율동律動을 맞추며 걷는다. 아지랑이로 피어오

르는 물안개를 헤치고 날아오르는 물새들의 비행에 탄성을 지른다. 역광
逆光을 받아 머리를 금빛으로 치장治粧한 억새의 물결이 장관壯觀이다. 바
람이 일 때마다 끝없이 도열堵列한 억새꽃들이 우르르 타조 떼처럼 고개
를 흔들며 환상적인 무대를 펼친다. 바람과 햇살이 연출하는 흔들림의
미학이다. 길동무들과 나누는 자잘한 일상의 수다가 얼마나 소중하고 즐
거운 것인지를 새삼 깨닫는다. 길 위의 낱말들은 또 다른 활력과 매력이
있었다. 별것 아닌 대화로 이렇게 마음 놓고 웃어본 적이 언제였던가. 마
음을 비워야 누릴 수 있는 건강한 웃음이다. 바람결에 부서지는 물결의
눈부신 반짝임이 황홀하다. 메마른 가슴으로 안기는 자연 속에서 시시껄
렁한 이야기조차 보약補藥이 된다. 또 가끔씩은 수다시간을 자투리 내어
홀로걷기로 마음의 찌든 때도 벗겨본다. 걸음 수가 벌써 이만걸음二萬步
을 한참이나 넘었음에도 마음과 발걸음은 가볍기만 하다.

바쁘게 돌아가는 세상. 빠르게, 더 빠르게, 점점 빠르게로 숨차다. 지금의 풍요豊饒를 만들어준 그 속도의 공로功勞가 기립박수起立拍手를 요구했다. 긴장과 이완弛緩이 반복되어야 하는데 박수만 치다보니 손바닥에 굳은살이 통증을 호소했다. 쉴 시간이 필요했다. 느림을 택한 이유 중 하나였다.

보폭이 느려지고 발바닥이 통증을 느낄 무렵이면 길가 공원의 유혹을 받는다. 못이기는 체 가방을 내려놓는다. '강변 길 카페'이다. 손 시린 겨울날씨지만 햇살을 품고 있던 나무벤치는 따사한 온기로 우리를 반긴다. 가방에서 귤, 바나나 그리고 초콜릿, 사탕과 커피, 생강차가 쏟아져 나온다. 와우! 한두 가지씩 준비한 간식거리가 풍성하다. 게다가 추위를 녹이기 위해 가져왔다는 약간의 캬~(?)까지 준비한 식단에 환호하는 재미 또한 빼놓을 수 없는 매력이다.

이지러진 낮달 하나가 푸르다 못해 시린 겨울하늘에 한가롭게 걸려있다. 겨울바람이 상큼하다. 혈관을 타고 심장으로 달려가는 발끝의 리듬에 몸을 맡긴다. 문명의 속도로 우리 곁을 총알같이 지나치는 전철을 무심히 바라보며 걷는다. 느림을 통해 빠르게만 달려온 삶이 최고의 선택이 아님을 비로소 깨우친다. 그동안의 성급함을 참회懺悔하며 더 천천히 걷는다.

앞을 다투지 않고 유유悠悠하게 흐르는 저 강물이 언젠가는 바다에 다다르듯 조금 늦기는 하겠지만 언젠가 우리도 종착역에 도달할 것이다.

걷지 않았으면 얻지 못했을 혼자만의 깨달음이다. 2020

손목시계

서랍을 정리하다 잃어버렸다고 생각했던 손목시계를 찾았다.

4시 13분에 바늘이 멈춰져 있었다. 보통 멈춘 시계를 보면 시계가 죽었다고 말한다. 서랍 속에서 소리 없이 홀로 죽어간 그 시간은 과연 어떤 의미일까. 새벽인지 한낮이었는지 알 수 없는 시분침의 자리를 싸한 마음으로 바라본다. 반갑기도 했지만 과연 내 것이었던가 라는 의구심疑懼心이 든다.

외출 시마다 손수건과 지갑 그리고 휴대폰과 손목시계를 챙긴다. 사실 요즈음은 휴대폰이 있어 시계가 별로 필요치는 않다. 그럼에도 어쩌다 시계 없이 외출을 하면 손목이 허전하다. 아마 여성들이 핸드백을 들지 않고 외출한 것과 비슷한 느낌일 것 같다.

손목시계는 품속에 넣고 보는 회중懷中시계의 불편개선을 위해 1904년에 만들어진 발명품이다. 비행사 산투스뒤몽이 비행 중 시계를 보기가 어렵다는 말에 보석상 카르티에가 최초로 손목시계를 만들었다고 한다.

한때 손목시계는 부를 상징하는 물품 중 하나였다. 시계가 드러나도록 소매를 걷어 올리고 자랑스럽게 차고 다니던 시절이 있었다. 휴대폰 하나면 해결되는 시대에 무슨 소리냐며 반문反問하겠지만 시계의 위용威容은 대단했었다. 시계가 귀금속의 대접을 받았다. 남자들이 치장할 수 있는 것은 고작 반지나 시계였다. 멋짐과 부를 드러낼 수 있는 최고의 액세서리accessory였다. 또 지갑이 비었을 때도 술을 먹고 나서 시계만 풀어주면 외상이 가능해 비상금 역할을 하기도 했다.

정오正午와 자정子正이면 사이렌으로 시간을 알려주던 시절. 시계 찬 사람을 보면 습관적으로 시간을 묻는 사람들이 많았다. 거만스럽게 소매를 걷어 올리며 시간을 알려주던 풍경이 주마등走馬燈처럼 떠오른다. 부잣집 대청마루에는 당연하다는 듯 커다란 괘종掛鐘시계가 놓여 있었다. 또 한동안은 뻐꾸기시계가 유행하기도 했다. 매시 정각이면 집집마다 뻐꾸기가 울었다. 골목길에서 들려오던 뻐꾸기 합창이 그립다. 언제부터인지 괘종시계의 초침소리와 뻐꾸기 우는소리가 모두 사라졌다. 재깍이는 초침소리마저 시끄럽다며 성대聲帶를 제거했지만 세상은 전혀 조용해지지 않았다.

시계가 귀물貴物로 대접을 받을 때가 있었듯이 사람에게도 때가 있고 기회가 있다. 세상사 모든 게 전성기가 있다는데 자신도 모르게 지나친 기회를 아쉬워한다. 삶이 뭐 별거인가, 행복 또한 별거겠는가, 시침과 분침처럼 앞서거니 뒤서거니 하며 한울타리 속에서 살아가는 것이라 위로慰勞해 본다.

서랍 속 시계는 시분 침이 멈춰있었지만 세월까지 머무르지는 않았다. 과거와 현재가 공존共存하는 혼돈의 시간. 오늘 멈춰진 시계와 마주하면서 돌아본 회상回想의 시간이 흐르고 있다. 2018

*

떠남은 회귀回歸의 시작점이다.
더디지만 돌아올 수 있기에 바퀴를 버리고 두발로 걸었다.
느림의 시간 속에 가슴으로 바라보는 풍경들,
결코 깨달음의 수행은 아니지만
빠름의 속성에서 벗어난 해방감은
또 다른 삶의 충전이다.
게다가 함께 걷는 도반道伴들이 있어
기우는 시간조차 아름답다.

온溫라인 세상의 겨울잠

  몸은 지난해 여름 펄펄 끓는 열대야熱帶夜의 두려움을 기억했다.

  옷 걱정, 연료비 걱정 없어 좋던 그런 여름이 아니었다. 그 악몽惡夢이
두려워 나도 모르게 지갑을 열었다. 요즘 에어컨 없는 집이 몇이냐 있느
냐는 비아냥거림이 무서워서가 아니다. 우리 살림에 선풍기면 되지 에어
컨은 허영虛榮이라 생각했다.

  어찌 그리도 무더울 수 있었을까. 수은주水銀柱는 연일 밤낮을 가리지 않
고 최고기록을 갈아 치웠다. 100년 만에 찾아온 복병伏兵이라고 했다. 냉수
샤워도 잠깐뿐, 3대의 선풍기가 숨을 헐떡이며 돌아가다 지친 바람을 토해
낸다. 잠을 제대로 잘 수 없었다. 결국 더위를 먹었고 땀띠 꽃이 만발하면
서 버티고 버티던 인내忍耐가 무너져 버렸다. 한낮의 태양이 무섭고 열대
야의 불면不眠이 두려웠다. 아침이면 도서관으로 피신했고 저녁에는 카페
café를 찾는 보헤미안Bohemia생활로 여름을 겨우 버틸 수 있었다.

  한 겨울철에 남극의 찬바람을 가득 품고 있는 기계에 과감히 투자했
다. 하지만 에어컨air conditioner 구입이 절대 충동구매衝動購買는 아니었
다. 온난화溫暖化로 지구가 달아오르고 있다는 예보豫報보다 "내년 여름
도 각오하라."는 기상전문가들의 귀뜸이 무서웠다. 비수기非需期의 저렴

한 가격, 구입과 동시에 설치가 가능하다는 핑계도 작용作用했다. 한여름
의 크리스마스는 그럴 듯하지만 한겨울의 에어컨은 천덕꾸러기였다. 큰
맘 먹고 들여놓았지만 야속하게도 이 녀석은 오자마자 거실 한구석에서
겨울잠에 들어갔다. 최소 7개월 동안은 잠만 잘 기계 앞에서 지난 여름밤
의 악몽은 추억이라 자위自慰해 본다.

　선풍기조차 귀하던 시절, 그때 여름도 무더웠지만 부채 하나로 능히 견딜
수 있었다. 한낮에는 찬물로 등목을 했다. 우물 속에서 건져 올린 시원하고
잘 익은 수박을 베며 더위를 이겨냈다. 밤이면 마당에 멍석을 깔고 모깃불을
피웠다. 식구들과 둘러앉아 라디오 연속극을 들으며 밤하늘의 별을 헤기도
했다. 여름나기의 슬기였고 문화였다. 나름 행복했다. 느티나무 그늘아래 평
상平床에서 부채 하나로 여름을 물리치던 모습은 그대로 풍경화였다.

오래전 우리 조상님들은 알량한 체면 때문에 등목도 못했다. 그저 대청大廳에서 부채질로 무더위를 쫓아냈다. 아낙네들은 어둠이 짙어지면 냇가로 나갔다. 남정네들은 계곡물에 발을 담그는 탁족濯足과 바지를 걷어 내리고 바람을 맞는 거풍擧風으로 여름을 견디어냈다.

이런 운치韻致에 등을 돌려야 하는 현실이 아쉽기는 해도 이미 디지털 시대의 단맛에 길들여졌다. 거실을 한 구석을 차지하고 겨울잠에 빠진 에어컨을 바라본다. 벽면에 지인知人이 선물한 쥘부채가 무상無想하다는 표정으로 걸려 있다.

이번 정월 대보름에는 약효도 없는 더위팔기를 하지 않아도 되리라. 온기溫氣를 버린 냉정한 삶이 될 올여름의 표정이 내심 궁금하다. 큰맘 먹고 마련한 에어컨이 전기료 폭탄으로 여름잠夏眠을 재우는 일이 없기를 바랄뿐이다. 이미 만년필을 잃고 낯설어하던 컴퓨터 앞에서 아무렇지 않게 자판을 두드리는 이 적응력의 원천은 무엇일까.

온라인on-line을 온溫-라인이라고 쓰고 인터넷을 인人터넷으로 써보며 현대인의 대열에 슬쩍 한발을 밀어 넣는다. 2019

창가의 난

　몇 년에 한번 씩 도도하게 꽃피우는 난蘭 몇 촉을 정성으로 키우고 있다. 군자君子의 지조志操를 상징하고 아름답고 은은한 향기의 운치를 넘볼 만한 화초가 없기 때문이다. 조선선비의 고고孤高함과 기개氣槪를 배우고자 함은 아니었다. 그저 창가에 실루엣으로 떠오르는 난초 잎의 우아함 때문에 애지중지愛之重之하고 있다. 요즈음은 흔한 화초가 되었지만 예전에 난을 기른다는 것은 쉽게 누릴 수 있는 도락道樂이 아니었다.

　난을 키운다는 것은 대단한 호사豪奢이다. 옛 시인묵객들은 매·란·국·죽을 사군자四君子로 꼽아 인격人格을 부여附與하였다. 그중에서도 난을 으뜸으로 삼았다. 난초그림 묵란墨蘭조차 특별한 사람들의 영역이었기에 사치였다.

　자연 난의 무분별한 채취採取로 점점 귀한 화초가 될 줄 알았다. 지금은 재배기술이 개발되어 보통 화초로 전락轉落한 과거의 귀공자가 되었다. 하지만 아직도 그 명성만큼은 잃지 않았다. 웬만한 사무실의 대표자 책상 위나 창가에 단아端雅하게 놓인 화초는 대다수 난분이다. 꽃은 신神이 만든 창조물 가운데 가장 아름다운 것이라 한다. 그중에서도 난 꽃의 은은하고 그윽한 향기는 일품이다. 그 자태와 변하지 않는 푸른 기개를 닮고자 수양修養의 수단으로 보듬고 있는 것이다.

사실 옛 선비들이 난 꽃에 부여했던 의미나 상징성은 희미해졌다. 원예기술의 발달로 꽃이 지닌 고유의 계절감이 사라지며 꽃에 대한 취향마저 바뀌고 말았다. 그러나 첨단과학과 디지털시대라고 해도 꽃은 여전히 우리 생활 속에서 특별한 대상이다.

금아 피천득은 "난을 기르는 생활은 마음의 산책이요, 고고한 학처럼 인생의 향취와 여운이 숨어있고 살아있는 귀인"이라 했다. 예로부터 "난은 미인과 같아서 꺾지 않아도 스스로 향기를 바친다"라고도 했다.

유난히 찬 겨울을 이겨낸 난초가 꽃대를 쑤욱 올리기를 기대해 본다. 설사 올해도 꽃을 피우지 못하더라도 또 한해를 기다려 보리라. 난초의 향기는 천리를 가고 인품人品의 향기는 만리를 간다고 했다. 난향을 포기하더라도 인향人香까지 버릴 수 없지 않은가. 2016

「허난설헌」의 시 '蘭香-난초의 향기'를 음미해 본다.

그 누가 알리요, 그윽한 난초의 푸르름과 향기
　　誰識幽蘭淸又香 / 수식유란청우향
세월이 흘러도 은은한 향기 변치 않는다네
　　年年歲歲自芬芳 / 년년세세자분방
세상 사람들 연꽃을 더 좋아한다 말하지 마오
　　莫言比蓮無人氣 / 막언비련무인기
꽃술 한번 터뜨리면 온갖 풀의 으뜸이오니 ―
　　吐花心萬草王 / 일토화심만초왕

죄송해유~

빵! 빠앙~

뒤쪽에서 신경질적인 경적譽笛소리가 계속 울렸지만 어쩔 수가 없었다. 백미러backmirror를 보고 싶지만 그건 마음뿐이다. 그저 운전대를 두 손으로 꽉 움켜잡고 앞만 보고 기어가던 초보운전 시절. 옆구리를 부딪칠 듯 쏜살같이 스쳐가는 차량 때문에 현기증이 났다. 또 불쑥불쑥 끼어드는 차량에 급브레이크를 계속 밟아야 했다. 첫 도로주행의 두려움과 흥분으로 어깨와 목이 뻣뻣하던 그때를 생각하면 아직도 진땀이 흐른다.

도로라인line을 타고 비틀거리는 앞차 운전이 어째 불안하다. 경적을 누를까 했는데 뒤 유리에 붙인 스티커가 보였다. '초보운전' 문구인줄 알았는데 '밥하고 나왔어요.'라는 문구文句였다. 불안한 마음에 옆 라인으로 들어가 곁눈질로 옆 차를 살펴본다. 의자를 곧추세우고 정면만을 바라보며 운전을 하고 있을 초보운전자를 연상聯想했는데 예상이 빗나갔다. 짙은 선글라스를 쓴 40대초의 세련미 넘치는 여성이다. 휴대전화를 하며 한 손 운전 중이었다. 남성들이 운전이 서툰 여성운전자를 보면 '여자가 집에서 밥이나 할 것이지'라는 비아냥거림에 붙인 반박 스티커가 당당하다.
참 세상이 많이 달라지긴 했다.

한산한 신작로新作路 저쪽에서 꽁무니에 먼지를 달고 오던 완행버스는 늘 연착延着이었다. 또 비포장 가로수 길에 소달구지 몰고 장으로 향하던 촌로의 풍경도 있었다. 어쩌다 한 번씩 차량이 지나치던 그 한적했던 도로에 차량이 개미떼처럼 꼬리를 물고 이어진다. 부자나 사장님이 아니어도 자가용을 굴릴 수 있는 세상이다. 하긴 나 같은 범부凡夫도 자가용을 자전거처럼 부리는 세상이다. 당당해 보이는 그녀의 모습으로 보면서 격세지감隔世之感을 느낀다. 이럴 때는 오히려 내가 조심해서 방어운전을 해야 한다.

누구에게나 초보운전 시절이 있었으리라.
예전에는 수동기어라 속도에 따라 기어를 달리해야 했다. 초보운전자들을 두렵게 하던 변속기술, 운행 중에 시동이 꺼지거나 비탈길에서 뒤로 밀려 박치기 하던 그 사건은 모두 변속기 때문이었다. 이제는 자동기어라 '초보운전' 딱지 붙이고 다니는 차가 별로 없다. 다만 초짜를 무시하는 경력 운전자들 때문에 초보운전을 우회적으로 표현한 스티커가 난무亂舞하고 있다.

예전엔 '초보운전'이라고 매직펜으로 큼직하게 써서 차량 뒷면에 붙이고 선배운전자들에게 양해를 구했다. 요즈음은 '방금 면허를 따고 나왔어요.' 라는 애교에서부터 '저도 제가 무서워요' '당황하면 후진해요' '그래요 나 초보에요' '1시간째 직진 중' 라는 글귀까지 보노라면 진화의 속도를 느낄 수 있다.

뿐만 아니다.

'왕초보, 너무 바짝 다가오지 마세요.'
'답답하시지요. 저는 환장합니다'
'아직 좌회전은 한 번도 못해봤어요'
'초보운전- 마음은 카레이셔'
'후 덜덜 초보'
'접근금지- 이 글씨가 보인다면 벌써 너무 가까이 접근하신 겁니다'

라는 문구가 있는가 하면 '지금 쌀 사러 가는 중이에요' '지금 밥하러 가는 중입니다' '임산부가 타고 있어요' '아기가 타고 있어요' 라며 되돌려치는 애교스럽고 여성스런 문구는 그런대로 이해 할만 했다.

  하지만 톡톡 튀는 문구들이 지나치게 자기중심적이다. '까칠한 아이가 타고 있어요.' 라는 저 글귀는 무엇을 말 하고자 함일까? 성격이 좋지 않은 사람이 타고 있으니 알아서 조심하라는 경고이다. 또 '운전은 초보, 마음은 터보, 몸은 람보, 건들면 개!' '백미러 안보고 운전합니다.' 등 알아서 하라는 반 협박조의 문구도 있다. '5대 독자 탑승 중' '차 안에 소중한 내 새끼 있다' 등은 배려의 문화와는 거리가 너무 멀어 씁쓸하기만 하다.

  개성 있는 문구도 좋지만 안전을 위해 조심스럽게 운전해야 한다. 경력자들도 병아리 시절을 생각하며 많은 배려가 필요한 운전문화의 시대이다. 방향지시등[깜빡이]도 안 켜고 차선을 순간적으로 변경하거나 작은 틈으로 끼어드는 얌체운전이 나를 화나게 한다. 작은 실수에 욕설을 퍼붓는 행위는 삼가야 함에도 왜 너나없이 운전대만 잡으면 거칠어지는지 모르겠다.

'당신도 초보시절이 있었습니다.' 라는 문구를 떠올려 본다. 그것이 운전이던, 사업이건, 취업이건 인생은 누구나 그곳에선 뒤뚱거리지 않았던가. 운전행태를 보면 국민성과 선진국인지 후진국인지를 알 수 있다고 한다. 내 자신이 먼저 달라져야 하는데 운전대만 잡으면 마음이 급해지고 다혈질多血質이 된다. 좀 더 침착하자, '나부터 여유를 갖자'를 되뇌며 룰루랄라♪ 거리로 나섰다. 네거리에서 신호등이 초록에서 노란색으로 변하기에 액셀레이터accelator 대신 점잖게 브레이크를 밟았다. 순간 뒤쪽에서 끼익~ 소리와 함께 전조등前照燈을 껌벅거리면서 빠앙! 빵! 경적을 신경질적으로 울린다.

순수한 마음으로 돌아가 운전대를 잡고 유유히 거리를 달려보려 했는데 뒤차 운전자의 화난 시선과 육두문자肉頭文字가 백미러에 가득 넘쳐났다. 2015

텃밭의 노래

　나는 사이비似而非 아니 얼치기 인터넷 농사꾼이라는 말이 더 적절할지
모르겠다.

　10여 년 전 직장에서 분양分讓받은 10㎡정도의 텃밭을 가꾸는 것으로
농사경력이 시작되었다. 어린 시절 화단에 분꽃, 채송화, 국화를 길러보
았지만 농사는 처음이었다. 특별한 기술 없이도 잘 자란다는 상추, 고추,
방울토마토, 배추로 텃밭을 녹색으로 색칠했다. 씨 뿌리는 법, 모종 심는
방법을 주변 텃밭지기들에게 귀찮을 정도로 묻고 따라 했다. 보고 듣는
것도 모자랄 때는 인터넷의 문을 두드려 도움을 청했다. 몸이 고단하기
는 했지만 재미있고 신이 났다.

　나른해지는 봄날, 땀내가 잔뜩 밴 밀짚모자를 눌러쓰고 텃밭으로 나선
다. 아직 이른 봄임에도 햇살이 제법 따스하다. 지난겨울 내내 얼어 있던
대지가 계절이 바뀌는 걸 어찌 알았는지 벌써 지면地面이 부슬부슬하다.
매년 같은 모습이겠지만 언제나 봄 풍경은 경이롭다. 아무것도 뿌리지 않
은 텃밭에 벌써 냉이, 씀바귀가 돋아나고 있다. 지난 해 들깨 타작을 한 곳
에는 들깨 새순들이 무리지어 고개를 내밀고 있다. 미안했지만 그 추운 겨

울을 이겨내고 올라온 연초록의 여린 새순을 아무 죄의식 없이 뽑는다. 내가 너무 잔인한 걸까. 분명 들깨였음에도 다른 작물을 심을 곳이기에 잡초라는 이름으로 생을 마감시킨다.

대지가 스멀스멀 거리는 봄날, 삽으로 흙을 뒤엎는다. 모락모락 피어나는 김과 코끝을 간질이는 흙냄새가 구수하다. 작은 씨앗들이 대지를 뚫고 올라오는 모습을 보며 봄부터 늦가을까지 텃밭에서 많은 시간을 보냈다. 퇴비와 비료도 잊지 않고 때맞추어 주었다. 정성이 갸륵했는지 초록이 넘실대는 텃밭의 채소는 여름 내내 우리식탁을 풍요롭게 만들었다. 농약도 사용하지 않았다. 여기저기 채소에 구멍이 뚫리고 벌레들도 보였다. 징그럽기는 했지만 벌레도 일일이 잡아 주고 식초, 목초액 등의 친환경제로 가꾸어 나갔다.

퇴직 후 수소문 끝에 비록 남의 땅이기는 해도 텃밭농사를 계속하고 있다. 3평 크기로 시작한 소꿉장난 같던 농사가 욕심에 올해는 100여 평으로 늘어났다. 예전과 달리 면적이 커지다 보니 심는 작목도 농법도 달라질 수밖에 없었다. 힘이 부치다 보니 가급적 일손이 적게 가는 작물을 선택하는 요령을 택한다. 10년차 농부의 경험이 축적되었지만 노동력만으로 짓는 농사라 쉽지 않다. 손쉬운 작목을 선택 할 수밖에 없었다. 다행히 텃밭이 멀지 않은 곳에 있어 수시로 오갈 수 있었다. 따사로운 햇살은 물론 적당한 비와 바람도 있어야만 했다. 농사는 절반이상이 하늘의 도움이었다.

올해는 예년에 없던 가뭄과 폭염으로 대지가 목마름을 호소한다. 텃밭의 푸성귀들도 더위에 지쳐 축 처져 있다. 충분히 물을 줄 여건이 아니기에 갈증을 면할 정도로 주었는데도 시들했던 작물들이 일제히 고개를 들고 일어선다.

수고로운 노동과 땀을 쏟는 정성만큼 푸성귀들이 하루가 다르게 몸피를 불린다. 욕심을 부려 면적을 넓힌 탓에 허리가 휜다며 엄살을 떨지만 솔직히 텃밭의 DNA는 즐거움이다. 농사일이 자식 키우는 일과 다를 바가 없다. 정성을 다하는 내게 아내는 농사를 화초 가꾸듯 한다며 핀잔을 준다. 덥지 않은 시간을 이용하고자 여명黎明의 시간에 밭으로 달려 나간다. 농부의 발자국 소리를 듣고 자란다는 말처럼 작물들을 잘 자라게 하는 것은 정성과 애정이었다. 노력한 만큼 결실이 있었다.

이웃한 텃밭지기는 서울에서 낙향落鄕한 은퇴부부이다. 70대 중반이라 했지만 그들의 표정과 모습은 나이보다 한결 젊게 보였다. 텃밭은 세월을 가꾸는 놀이터라며 즐겁게 작물을 가꾸는 모습에 활력이 넘쳐난다. 텃밭이란 화폭畵幅에서 햇볕과 바람, 그리고 빗줄기는 초록, 노랑, 빨강, 주황으로 물들며 저마다의 작품을 만든다. 집으로 돌아오면 힘들다며 엄살을 떨지만 밖에서는 나는 농장주였고, 로맨티스트romantist가 되어 자랑질로 입에 침이 말랐다.

경제적으로 보면 텃밭농사는 분명 수지收支 타산打算이 맞지 않는다. 아마 텃밭을 오가는 자동차 기름 값만 계산해도 채소를 사먹고도 남을 것이다. 하지만 텃밭농사는 돈으로 따질 수 없는 가치가 있었다. 그 정도의 투자로 이만큼의 보람과 즐거움을 얻을 수 있는 일이 없기 때문이다. 평소 일어나지도 못했을 시간에 스스로 눈을 뜨게 했다. 새벽의 어둠을 헤치는 쾌감, 웃옷을 촉촉하게 땀으로 적시는 운동량과 노동량. 이것만으로도 본전은 뽑는 셈이다. 밭에서 밤새 자란 농작물을 만나고 돌보는 기쁨, 텃밭지기들과 커피를 나누며 고만고만한 농사정보를 화제로 정담을 나누는 즐거움, 맑은 공기와 햇볕을 받으며 땅을 딛는 상쾌함, 땀 흘린 후 양손 가득이 수확한 푸성귀는 그야말로 덤으로 얻는 수익이다. 그런데도 이 농사를 손해 보는 농사라 할 것인가?

손톱 끝에 까만 때가 끼고 살갗이 그을렸지만 농사를 짓다보니 자연스레 인심이 후해진다. 열손가락이 모자랄 만큼 다양하게 재배한 농작물을 나누는 기쁨 또한 크다. 모양과 때깔은 보잘것없고, 적은 양이지만 나누는 인정을 어찌 돈으로 환산換算할 수 있겠는가! 기껏해야 풋고추와 가지 몇 개, 상추 한 움큼, 애호박 한 덩이로 굳게 닫혔던 이웃의 현관문을 열게 했고 잠깐씩이나마 정겨운 대화를 나눌 수 있었다.

또 가까이 사는 친지에게 비닐봉지로 봉송封送하여 유대紐帶와 친밀감을 더한다. 외국에 사는 동생을 위해 건호박과 고구마 줄기를 포장하는 아내의 표정에 활기가 넘친다. 배보다 배꼽이 훨씬 클 탁송료託送料를 물면서도 고국의 음식에 목말라 할 동생을 생각하는 혈육의 정이 끈끈하다. 그리운 고국의 바람과 햇살이 키운 작물에 정성까지 더한 선물이라며 즐거워할 처제의 모습이 눈에 선하다.

이러한 이유로 여건만 허락된다면 수지맞는(?) 농사를 계속할 생각이다. 도시근교에 위치한 텃밭. 머지않아 주택지로 변해버릴 자리에서 땅을 일구며 자연과 함께 한다. 이후 이곳에 건물들이 빼곡하게 들어섰을 때 도시민 한 사람이 열과 성을 다해 텃밭을 가꾸며 행복해 하던 곳이었다는 사실을 알기나 할까. 2015

의자의 감수성을 훔치다

권위權威와 휴식의 상징인 의자가 없는 세상은 어떤 모습일까.

세상의 모든 의자들이 사라져 버린 풍경을 상상한다. 휴식이라는 여유와 달콤함이 실종된 삭막하고 건조한 일상이 떠오를 뿐이다.

인간이 일상에서 가장 많이 사용하는 가구는 아마 의자이리라. 안식을 구하고, 생각하고, 고민하고, 먹고, 마시고, 공부하고, 슬퍼하고, 즐거워하며 희로애락을 함께하는 필수품必需品이다. 아이들이 처음 학교에 들어가 배우는 것 중 가장 힘든 것이 의자생활이라는 인내심이다. 타의他意에 의해 꼼짝없이 앉아 있어야 하는 그 과정이 어떤 교육보다도 어려운 수련修鍊이다. 고삐 풀린 망아지마냥 뛰 돌던 아이들을 강제로 앉히고 50여분씩 자유를 속박束縛한다. 이런 과정을 통해 서서히 성숙된 인간으로 형성形成 되는 것인지도 모른다. 오랜 시간 의자에 앉는 고통이 두려워 비행기여행을 포기하는 사람도 있다고 한다. 하지만 힘들고 고단한 몸을 의자에 기대는 짧은 휴식으로 다시 생기와 활기를 찾기도 한다, 이 양면성兩面性을 가진 의자에 앉아 지금의 끼적임은 휴식인지 고통인지 분간이 흐려지기도 한다.

어쩌면 우리는 의자에 예속隸屬된 존재이다. 어린 시절부터 성년의 시기까지 의자에 앉아 칠판과 마주했다. 세상을 내다보는 혜안慧眼을 갖고자 배움을 불태운 곳이다. 또 직장생활도 대부분 의자와 희로애락을 함께 한다. 하루세끼의 식사도 의자에서 해결했다. 공원 벤치에 앉아 사색思索을 즐기고 그녀를 기다리던 첫사랑의 기억과 첫 키스의 추억도 그곳의 풍경이다. 실연失戀의 시간이나 실직失職의 아픔을 달래던 장소이기도 하다. 지친 몸과 흐트러진 마음을 기대며 재충전再充電하기 위해서는 기댈 의자가 필수품이었다. 결국 유모차에서 노후의 흔들의자까지 우리의 삶은 의자와 함께하고 있다.

어느 날 초등학교의 운동장에 섰다. 그리도 넓고 커보이던 운동장이 한눈에 들어왔다. 땅따먹기를 하던 줄금도, ㄹ자 놀이를 하던 흔적도 모두 지워졌다. 마냥 흔들거리던 그네는 녹슬어 기둥에 묶여있고 고무줄놀이 하는 여자아이들도 보이지 않았다. 마른걸레로 윤이 나게 닦던 나무 복도도 사라져 버렸다. 이젠 까치발을 하지 않고 교실 안 풍경을 들여다본다. 조그만 책상과 의자들이 삐뚤빼뚤 앙증맞게 줄서기를 하고 있다. 저 작은 의자에 앉아 책상에 줄을 긋고 자신의 구역을 지키고자 짝꿍과 토닥대던 기억들이 스멀거리며 되살아난다, 그래 저쯤에 한겨울이면 김치를 바닥에 깐 양은 도시락을 데워주던 조개탄 난로도 있었는데…….

저 장난감같이 조그만 나무의자에 앉아 초롱초롱한 눈망울로 "저요! 저요!"를 외치며 선생님과 눈 맞춤을 하던 나의 모습을 떠올린다.

사실 의자는 등받이와 시트 그리고 그것을 받쳐주는 다리로 만들어진 단순한 가구에 불과하다. 하지만 의자는 부富와 권력의 상징물이고 신분의 표식이기도 하다. 직장에서도 서열序列에 따라 책상과 의자가 다르다. 남의 사무실을 처음 방문해도 누가 높은 사람인지를 바로 구분할 수 있는 것이 바로 책상과 의자이다. 공간과 크기가 다르기 때문이다. 권좌에 올랐다는 말과 회의를 주관하는 의장을 영어로 chaiman체어맨이라 지칭되는 것만 보아도 알 수 있는 것이다. 빙글빙글 돌아가는 커다란 회전의자는 성공의 이미지이고 권력과 부富의 대명사였다. 말단末端에서 상사上司의 의자를 바라보며 꿈을 키우는 것은 지금도 변함없는 일상이다.

산책길 호수 변에서 만난 빈 의자에 눈길이 머문다. 햇살이 머무는 의자에 어디선가 바람이 먼저 다가와 쉬고 있었다. 바람에 날려 온 낙엽에 나비가 날개를 접고 앉아있다. 잠시 쉬어가고 싶었지만 나비의 휴식을 방해하고 싶지 않아 곁에서 지긋이 바라본다. 그렇게 하는 것이 예의일 것 같았다. 고단한 마음을 나비의 날개 속에 밀어 넣고 함께 명상冥想에 잠겨본다. 햇살이 머물고 있는 의자의 따스함이 가슴으로 스며든다.

문득 가방 속에 어제 선물 받은 시집詩集이 떠올랐다. 나비가 떠나가면 이곳에서 잠시 쉬어가리라. 이 의자에 앉아 시를 읽으며 감성의 시간에 젖어보리라. 2014

텃밭에서 길을 묻다

봄볕이 느긋한 오월 초순, 속죄하는 마음으로 텃밭을 일군다.

괭이가 메마른 흙을 뒤집을 때마다 부드럽고 촉촉한 속살이 드러난다. 고향의 질감質感이다. 특유의 흙냄새가 코끝에서 맴돈다. 두둑이 하나씩 만들어질 때마다 등줄기를 타고 땀이 흐른다.

심심찮게 언론에서 텃밭의 즐거움을 합창하는 추임새에 현혹眩惑되어 농사를 짓고 있다. 땅 떼기 한 조각 없지만 지인의 도움에 텃밭농사로 행복을 추구追求한다. 전원田園의 여유와 정취情趣를 만끽하며 무공해 채소를 가꾼다. 신선한 식탁을 채우고 이웃과 고추 상추 호박을 나누는 즐거움을 그 어디다 비기랴. 손수 땀 흘려 기른 무공해 청정채소라며 덧붙인 한마디에 봉지의 무게가 배가된다. 정을 나누는 뿌듯함에 힘든 줄도 모르고 오늘도 밭고랑을 서성이며 얼굴을 태운다.

땅 투기로 일확천금一攫千金을 버는 시대에 땅 한 평 갖지 못한 설음이 잠재된 발로發露 인지도 모른다. 흙을 뒤집고 파헤치는 노동을 통해 스트레스를 달랜다. 땀 흘린 만큼만의 수확을 주는 그 고집스런 정직함이 맘에 들었다. 자고나면 온몸이 욱신거리지만 밭에서 흘리는 짭짜름한 땀냄새에는 건강함이 녹아있다.

화단에 채송화, 국화, 샐비어 꽃씨를 뿌리고 달리아 구근을 심던 동심으로 돌아간다. 작은 땅이라 만만하게 시작했지만 농사는 생각보다 준비해야 할 것이 많다. 주변사람들에게 귀동냥을 하고 인터넷 지식으로 농사를 시작한다. 장화를 신고 선글라스와 창이 넓은 밀짚모자도 준비했다. 장비라야 삽과 괭이 그리고 물뿌리개가 전부이다. 그래도 이젠 3년차 농군으로 제법 초년생의 어설픔은 벗은 편이다.

　좋은 모종을 구하겠다는 욕심에 올해는 재래시장의 좌판坐板이 아닌 육묘장을 찾았다. 초보 텃밭농군들이 모종을 고르느라 활기가 넘쳐난다. 막상 10여 가지가 넘는 고추모종을 대하고 보니 선택이 망설여진다. 고추모종 한 가지에 웬 종류가 그리도 많은지. 한여름에 상큼하고 아삭! 소리로 입맛을 돋우는 풋고추, 매운 맛으로 입술이 얼얼해지는 청양고추 그리고 조림용 꽈리고추와 아삭이를 골랐다. 다행히 오이, 파, 호박, 쌈채소류 모종은 낱개로 살 수 있어 선택의 폭이 한결 넓어졌다. 단비가 온다는 예보에 맞추어 모종과 씨앗을 준비한다. 플라스틱 트레이에 담긴 키 작은 모종들이 바람에 스스로 몸을 누이며 환경에 순응한다. 한 뼘 정도로 자란 고추모를 뽑아낸다. 실타래처럼 가늘고 하얀 뿌리들이 돌돌 엉기어 있다. 이 여린 뿌리가 올 여름의 강한 태양과 비바람을 견디며 자라나 수확의 기쁨을 주려는지 모르겠다. 멀칭비닐에 구멍을 뚫고 물을 준 후 모종을 조심스레 심는다. 일곱 개의 이랑 중 겨우 두 이랑을 지나는데 벌써 땀이 흐르고 허리는 통증을 호소한다.

비닐을 씌우지 않은 두둑에는 열무와 상추씨를 뿌린다. 좁쌀알보다도 작은 씨를 뿌리고 흙을 살짝 덮는다. 과연 이 씨앗들이 제대로  싹을 틔우고 열매를 맺을 수가 있을지 의구심疑懼心이 든다. 농사를 시작한 후 땅의 소중함을 새삼스레 느낀다. 예전엔 그저 돈으로 환산換算하던 땅이 이제 농지農地라는 이름으로 다가왔다. 지나치다 잡초가 무성茂盛한 빈 땅을 보면 괜히 마음이 언짢아 진다. 무엇이라도 심으면 될 땅인데 저렇게 버려두다니…….

며칠 만에 찾은 텃밭에는 반란叛亂이 일었다. 여기저기 새싹들이 마른 땅을 비집고 자신의 존재를 드러내고 있었다. 비실비실하던 모종들도 제법 꼿꼿하게 자리를 잡았다. 생동감이 충만하다. 정성들여 뿌린 씨앗보다도 여기저기 잡초들이 무서운 성장력으로 자리 잡고 있다. 산야山野에 있었더라면 나름대로의 삶이 주어졌을 텐데 잡초라는 이유로 무참히 뽑히고 만다. 과연 내 심안心眼의 텃밭에는 무엇을 파종했고 무엇이 자라고 있을까. 버리지 못한 과욕過慾과 불만의 씨앗들이 잡초처럼 자라고 있지는 않는지…….

바지런함으로 농사를 짓기 때문인지 별다른 병충해 없이 잘 자라는 작물들이 대견스럽다. 구우- 구우- 슬픈 목소리로 비둘기 나른하게 울어대는 밭가에서 잡초를 뽑는다. 가끔은 산들바람이 일었고 뒷산 뻐꾸기 주고받는 울음이 적막감을 깨운다. 무심히 잡초를 뽑다보면 자신도 모르게 무아無我의 상태를 경험하기도 한다. 때론 잡초처럼 뽑혀 버려져 있는 나를 만난다. 잡초라는 화두話頭에 빠져 나를 잃는다.

　나는 어디에 있는 것일까? 내가 나를 잃어버리는 시간.
　잿빛 비둘기 한 쌍이 나른한 오월의 햇살을 열심히 쪼아내고 있다.

2013

소리없이 쏟아져 내리는 무한의 눈송이에 정신이 아뜩하다
명치끝에서 꿈틀거리는 멍울 하나
내 젊음의 한 페이지 속에서
지워지지 않는 무용담으로,
때로는 아쉬움으로,
한 시절을 웅변하던 큐피드의 녹슨 화살촉이다

언제이던가, 아득한 저편에서 부딪치며 눈송이처럼 흩어진
그 찰나刹那의 공간에 존재했을 우리의 시간
젖은 날개 채 마르기도 전 날아가 버린 우화羽化의 전설이다

보내고 나서야 비로소 첫눈의 향기를 알았다
어눌한 고백 한번 못한 그 풋풋함을 가슴에 묻는다

몇 번인가 부질없는 통증에 스스로 칼을 갈았지만
끝내 도려내지 못한 종양腫瘍
세월 따라 무심히 겹겹의 옹성甕城을 구축하고 있다
대낮에도 반짝이는 미완성 작품
아직도 눈밭 같은 빈 화폭 속에서 숨죽이고 있다

어쩌다 바람결에 오는 작은 소식에 귀가 열지만
나를 기억하기나 하는지
어디선가 뻐꾸기시계가 울고 나는 습관처럼 또 허기를 느낀다

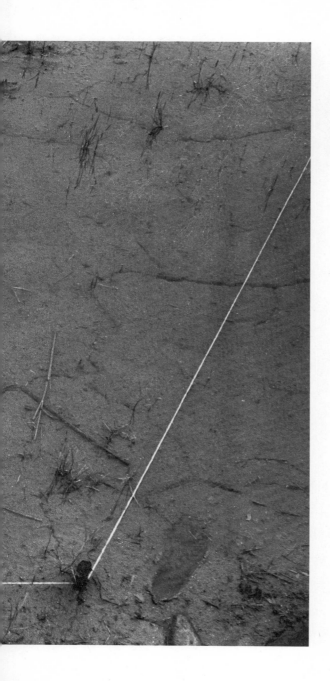

2

그
리
움
을

읽
다

sensibility miscellany
—
서당 개, 달보고 짖다

새벽의 소리

외지外地에서 손님이 올 때마다 우르르 닭갈비집으로 향했다.

그들이 특별한 향토 음식을 원했고 나 또한 좋아했다. 망설임 없이 선택할 수 있었던 것은 맛에 대한 실패율이 거의 없기 때문이다. 적당한 가격과 질리지 않는 맛으로 언제나 기대치를 충족시켰다. 젊은 시절부터 마음이 헛헛해 질 때마다 자연스럽게 찾던 곳이다. 막역莫逆한 친구들과 둘러앉아 술잔을 비우며 막연漠然한 인생을 논쟁論爭을 벌리던 곳이기도 했다. 그 청춘의 한 갈피가 기록되어 있어 애정이 더 각별各別하다.

정유년丁酉年 새해아침 라디오에서 장닭의 울음소리를 들었다. 친근한 소리가 반가웠다. 도시에서 간간히 여명黎明을 깨우던 닭의 울음소리는 자취를 감춘 지 이미 오래다. 시계가 귀하던 시절 닭의 울음과 교회 종소리는 시계를 대신하던 소중한 소리였다.

불현 듯 홰를 치며 어둠을 흔들어 깨우던 장닭의 우렁차고 긴 울음소리를 듣고 싶다. 무릇 사라진 것들은 그리움이 된다고 했다. 그 새벽의 소리가 그립다. 아파트가 없던 시절 도시의 주택에서도 마당 한구석에 몇 마리 닭을 키우는 것이 다반사茶飯事였다. 울음소리를 듣기 위해서가 아니었다. 날마

다 싱싱한 계란을 취하고, 한여름 허해진
가족들의 몸을 달래기 위한 방편方便이었
다. 새벽이면 어김없이 홰를 치며 목청을
돋우면 온 동네 닭들이 질세라 따라 울었
다. 견공犬公들까지 덩달아 짖어 메아리처
럼 울리던 그 아름다운 화음의 여음餘音이
정겨웠는데…….

이육사의 시 〈광야〉 첫 소절을 떠올린다.
"까마득한 날에 / 하늘이 처음 열리고 / 어디 닭 우는 소리 들렸으랴."

첫 하늘이 열릴 그때도 닭이 울었나보다. 어둠을 걷어내며 밝음을 시
작하는 순간 닭이 울어 어둠과 빛을 분리한다. 홰대에서 고개를 쳐들고
혼신을 다해 울던 장닭이 보고 싶다.

지난 닭의 해에 닭갈비의 고장인 춘천이 홰를 치며 날아오르기를 기원祈
願했다. 정유년을 여는 특별행사가 있으리라 기대했는데 이벤트event가 없
어 아쉬움이 컸다. 김유정의 〈동백꽃〉속에서 사랑의 화신化身인 점순이의
마음과 유정이 병상에서 간절히 찾던 것이 닭이었다. 닭요리 대회나 닭을
위한 위령제慰靈祭라도 지내길 바랐지만 아무 일도 없이 지나치고 말았다.

예로부터 우리는 닭과 친숙했다. 새벽을 알려주는 상서祥瑞로운 영물靈
物이다. 자손번성의 의미로 전통혼례 초례상醮禮床과 폐백幣帛상에도 올

랐다. 머리의 볏을 관冠과 동일시했다. 벼슬에 뜻을 둔 선비들은 닭 모양 연적硯滴을 애용하고 닭 그림을 걸기도 했다. 닭이 울고 나서야 동이 튼다. 새벽이 되어 닭 우는 것이겠지만, 닭이 울어야 날이 밝는다는 문학적 표현이 멋지지 않은가.

닭갈비는 춘천을 지칭하는 먹거리의 대명사이다. 춘천 닭갈비 골목 입구를 지키고 있는 커다란 황금빛 닭 조형물이 당당하고 멋지다. 곳곳에 닭 조형물을 세워 닭의 도시다운 분위기를 만들어야 한다. 닭을 형상화한 시의 문장紋章을 만들고 조형물에서 매시간 장닭이 홰를 치며 울게 하자. 사라져가는 그리움의 소리로 도시가 한결 정겹고 아름다워지리라.

소리가 넘쳐나는 세상이지만 정작 듣고 싶은 소리는 소음騷音에 묻혀버렸다. 교회의 종탑, 성대결절수술로 소리를 잃은 견공犬公들의 침묵은 고통이다. 소리의 본질本質은 소통이 아닌가. 잘못된 것을 알면서도 말하지 못하거나 입을 닫는 세상이다.

장닭의 활기찬 울음소리가 더욱 그리워지는 오늘이다. 2018

가끔은 네가 그립다

기실其實 많이들 외로운 모양이다.

애완동물과 함께하는 인구가 1천만이라는 뉴스를 본다, 정에 굶주린, 아니 정줄 곳을 찾는 사람들이 늘어나고 있다는 증거이리라. 산책길은 물론 여행길에서도 강아지와 함께하는 풍경이 낯설지 않다. 승용차에서 고개를 밖으로 내밀고 두리번거리는 견공犬公들의 모습도 일상풍경이다. 깜찍한 옷을 입히거나 예사롭지 않은 치장으로 시선을 끌기도 한다. 그 여세餘勢를 몰아 동물병원은 물론 동물카페, 호텔까지도 성황이다. 아파트에서 공해公害와 환경문제로 동물을 키우지 말라는 권고勸告에도 불구하고 개 짖는 소리가 늘어나고 있다. 모두들 외롭고 헛헛하기 때문이 아닐까?

유기遺棄되었던 강아지를 한동안 맡아 기른 적이 있다. 실내에서 동물과 함께한다는 것이 낯설어 반대했다. 솔직히 털 날림, 배설물排泄物 냄새와 짖는 소리가 싫었다. 다수多數의 원칙에 따라 내 의견은 무시된 채 동거同居를 시작했다. 녀석은 구박驅迫을 받았던 상처가 컸던지 식사시간 이외는 거의 소파 밑에 은신隱身했다. 3개월여의 시간이 흐르자 눈 맞춤도 못하던 녀석이 서서히 마음을 열기 시작했다, 자연스럽게 소파에 올라와 한자리를 차지했다. 그렇게 녀석은 우
리가족의 일원이 되었다. 산책시간이
되면 먼저 다가와 몸을 비벼대고 낑낑
거리며 빨리 나가자고 졸라댄다. 또 식
구들이 외출했다 돌아오면 제일먼저
반기는 건 그 녀석이었다. 왜 이렇게
늦게 들어왔냐는 듯 코맹맹이 소리로 응석을 부린다. 꼬리가 떨어져 나갈
정도로 흔들어 대며 다가오는 녀석을 미워할 수가 없다. 별로 탐탁히 여
기지 않던 내 마음까지 열게 했다. 그렇게 2년여의 희로애락喜怒哀樂을 같
이한 시간을 뒤로하고 주인에게로 떠나간 녀석의 이름은 봉구였다.

봉구, 그 녀석이 근 2년 만에 우리 집으로 나들이를 왔다. 반가움에 이
름을 부르며 눈 맞춤을 하자 인사치레로 잠시 꼬리를 흔들며 다가오다
이내 고개를 돌린다. 우리가 한참동안 갖은 애교를 떨어도 덤덤하게 바
라볼 뿐이다. 녀석의 행동이 섭섭했지만 어쩌랴, 낯을 가리지 않는 것만
해도 고마울 지경이었다. 녀석이 우리와 함께했던 시간은 이미 지나간
기억에 불과했다. 함께하지 않으면 서서히 증발蒸發하는 사랑, 행복, 건
강도 모두 그런 것이리라. 아쉬움 속에서 녀석을 다시 떠나보냈다.

개는 예로부터 우리와 삶의 궤軌를 같이 해오던 동물이었다. 허나 예전엔
그저 백구 검둥이 바둑이 독구 메리 쫑으로 불리던 문간門間 지킴이었다. 한
데 잠을 자는 것은 당연하고 먹다 남은 음식을 주어도 언제나 꼬리를 흔들
었다. 또 눈이 오면 아이들과 함께 눈밭을 뒹굴 던 친근한 동물이다.

근래에 그들의 거처가 대문간에서 실내로 들어왔다. 이제는 가족 구성원이 되어 우리 삶의 질에 많은 영향을 끼치는 존재가 되고 있다. 한동안은 장난감의 의미가 포함된 애완견愛玩犬으로 불리더니 요즘은 반려伴侶동물이라 부른다. 그들의 위상位相이 한결 높아 졌음을 느낄 수 있다.

급격한 고령화高齡化, 1인 가구의 증가로 외로운 사람들이 늘어나고 있다. 이제는 강아지뿐만 아니라 고양이, 조류와 파충류爬蟲類까지 반려동물로 외로움을 나눈다. 하지만 그중에서 강아지만큼 사람을 따르는 동물은 없는 것 같다. 식구들에게도 서열序列을 따져 복종과 재롱을 달리하고 가족과 외부사람들을 완벽하게 구분하며 행동을 달리하는 영리한 놈이다.

발자국 소리만 듣고도 가족임을 알아채고 현관문 앞에서 빨리 들어오라며 짖어댄다. 문을 열자마자 꼬리를 흔들면서 바짓가랑이에 매달려 애정을 표현한다. 살갑게 맞아주는 녀석의 열렬한 환영에 기분이 좋아진다. 당

신뿐이라는 간절한 눈빛과 앙증맞은 애교를 떠는 붙임성을 사랑할 수밖에 없다. 직접 강아지를 키워보지 않고는 느낄 수 없는 감성이다. 사랑과 먹거리를 챙겨주면 순종하고 따르는 강아지는 핵가족시대에서 동물이 아닌 가족이다. 형제가 없는 아이들, 배우자를 떠나보내고 홀로 남은 이들, 아이가 없거나 정에 굶주린 사람들에게 반려동물은 가족이상의 관계이다.

순간 어디선가 개 짖는 소리가 들려온다. 들뜨고 경쾌한 소리로 보아 어디 산책이라도 나가려는 모양이다. 활기찬 소리지만 계속 짖어대니 짜증이 난다. 그래 설까 이웃을 배려配慮한다며 인위적으로 성대聲帶를 잘라버린 벙어리 개가 늘어나고 있다고 한다. 내 것이라는 이유로 그들의 본능과 삶을 마음대로 제어制御하는 것이다. 사랑을 빙자憑藉한 인간의 잔인함이다.

수많은 동물 중에서 사람의 사랑을 이토록 원하고 따르며 좋아하는 동물이 어디 있을까? 애절한 눈빛으로 바라보고 꼬리를 흔들며 핥는 행위는 인간의 사랑을 얻기 위해서다. 사실 우리가 키우는 개는 10만여 년 전 야생늑대였지만 사랑으로 길들여진 개는 결코 배신하지 않는다고 한다.

산책길은 혼자가 아닌 누군가와 함께 걸을 때 즐거움은 증폭增幅된다. 그 누군가가 꼭 사람이어야 하는 것은 아니다. 반려견과 서로의 존재를 느끼며 보조를 맞춰 앞서거나 뒤서거니 함께 걷는 모습이 아름답다.

나 역시 외로움을 타는 걸까.
문득 녀석의 재롱과 눈망울이 그리움으로 다가오는 시간이다. 2018

*

젊은 날의 뒤란에 홀로 남은
한그루 나무의 생명력이 끈질기다.
바람이 거셀수록 더 많은 꽃을 피우던 봄밤,
부유하는 밤꽃향기에 취해 비틀거리던 한시절의 절정에
네가 머물고 있다.
아직 보내지도, 떠나지도 않은 희미한 그림자 하나

골목길 단상

　우산을 펼치고는 지나칠 수 없는 좁고 굽은 골목길. 가난과 옹색함이 진득이 배어있다. 담장안쪽에서 달그락거리는 부엌의 분주한 손길이 느껴진다. 낯선 발자국 소리에 습관적으로 짖어대는 맹견(?)의 목소리조차 정겨운 골목 안 풍경이다.

　예전처럼 아이들의 활기찬 웃음소리도, 구멍가게 앞 평상平床도 사라져 버렸다. 조용하다 못해 적막감寂寞感이 감돈다. 페인트가 각질角質처럼 벗겨진 녹슨 철문에 매달린 늙은 숫사자 문고리가 골목을 무료無聊하게 지키고 있을 뿐이다.

　발전이 더딘 춘천이지만 예스런 모습을 간직한 골목이 사라져가고 있다. 옛 정취를 느낄 수 있는 골목길은 이제 사진 속 풍경이 되고 있다. 내친김에 기와집 골을 시작으로 소양동과 약사동 골목길을 찾았다. 재개발이 계획된 곳들이다. 멜랑콜리melancholy한 마음으로 미로 같은 골목길로 들어선다. 사람 사는 냄새와 마주하고 싶었지만 이미 온기 없는 텅 빈 골목은 을씨년스럽다. 한줌 햇살이 겨우 골목길을 지키고 간혹 길고양이가 어슬렁거린다. 아직도 담장 위 녹슨 철조망과 이빨을 드

려낸 유리병 파편은 지킴이의 임무를 수행하고 있다. 골목길로 삐죽이 돌출된 낮은 슬레이트 지붕과 축 늘어진 전깃줄이 길손의 고개를 숙이게 한다. 쓰임새가 있을 것 같지 않은 연탄가스 배출기와 문패가 버티고 있다.

골목길을 누비던 아이들의 뜀박질도, 재잘거림도 무지개 꿈 따라 떠난 지 오래다. 함께 떠나지 못한 사람들의 슬픈 눈망울을 연상시키는 보안등에 거미줄이 엉겨있다. 한낮임에도 눈을 뜨고 졸고 있는 알전구가 가슴 먹먹한 풍경으로 다가온다. 재개발이라는 단맛에 빈집들이 늘어가지만 아직 떠날 수 없는 몇몇의 사연들이 슬픈 문신文身처럼 남아있다.

머지않아 사라져 버릴 골목안의 올망졸망한 집들, 좁은 길이라 덩치 큰 가구는 들여 놓을 수도 없는 사치품에 불과했다. 양손의 새끼줄 끝에서 흔들거리던 19공탄의 무게가 아직도 느껴지는데 골목길은 조용하다. 도시가 빠르게 변하고 있다. 성형수술로 본래의 모습을 잃어가는 이면에 조금 남아있는 골목길 풍경을 새긴다.

술래잡기의 원점이던 전봇대와 낙서로 얼룩진 담벼락에는 아직 미세한 온기가 남아있다. 동네 아주머니들이 모여 끝도 없이 수다를 떨던 그곳에는 아직도 보안등이 버티며 햇살을 붙잡고 있다. 바람 빠진 낡고 녹슨 자전거 한 대가 시멘트벽에 기대어 있는 골목길이 쓸쓸하다.

이미 시한부 판정을 받은 이 풍경들은 머지않아 사라지고 말 것이다. 이곳주민들의 삶과 경제적인 가치로만 생각한다면 잘된 일인지 모른다. 하지만 춘천은 또 하나의 향수郷愁를 잃는다. 아쉬움이 크다. 그리고 곧 이곳이 그리워지리라. 도시의 발전과 쾌적함을 부정否定하고자 함이 아니다.

　흑백사진처럼 바래가는 과거의 흔적에 매달리는 것도 한계가 있었다. 이제는 잊어야할 풍경이며, 그리워야할 풍경일 뿐이다. 2010

삶은 그런 거였다

능선 하나를 사이에 두고 주고받는 뻐꾸기 노랫소리 한가로운 초록 봄이 싱싱하다.

풋고추가 방아다리 사이에서 다투어 식구를 늘린다. 겨우 새끼손가락 크기의 오이 끝 노란 꽃송이에 벌 몇 마리 붕붕대는 텃밭, 목이 긴 장화에 밀짚모자 눌러쓴 도시농부의 손길이 분주하다. 하룻밤사이 훌쩍 커버린 옥수숫대 사이로 바람 한 점이 어깨를 비벼대며 칭얼거린다. 더 높이 오르려고 허공에 헛손질을 해대는 호박넝쿨의 손짓이 민망하게 떠오른다.

햇살 좋은 봄날 뿌린 작은 씨앗들이 자라 다투어 존재를 드러내는 계절, 검은 비닐 이랑사이의 비좁은 틈으로 올라오는 잡풀들의 끈질긴 생명력이 경이롭다. 이름조차 무시당한 채 밟히고 뽑히면서도 억척스럽게 살아남는 저 무수한 잡초들. 어젯밤 초청도 하지 않은 고라니가족이 다녀갔다. 만찬을 즐긴 고구마 두둑은 새순이 모두 잘려나가 삐죽삐죽 줄기만 앙상히 남아있다.

불쑥 꼬리를 잘리고도 피한방울 흘리지 않고 사라지던 도마뱀이 떠올랐다. 그림자조차 남기지 않고 홀연忽然히 떠나버린 엄니의 모습도 떠올랐다. 그 빈 언덕엔 언제나 찬바람이 불었다. 한참동안 꿈틀거리다 동작을 멈추던 도마뱀꼬리의 침묵처럼, 울타리를 잃은 소년은 한동안 말을 잃었다. 눈물자국 꾀죄죄한 모습으로 그가 남긴 보따리를 풀었다. 잿빛 슬픔, 진한원망이 쏟아져 나왔다. 밑바닥에 눌어붙어 있던 그리움 한 덩어리는 가슴에 묻는다. 구우-구우- 구슬피 울어대는 산비둘기 애잔한 소리에 마음마저 허물어진다. 어둠속에서 소리죽여 흐느끼며 부르던 엄니는 이미 지워진 단어이건만 아직 그리움이 남았는가.

기댈 언덕이 없는 삶은 버겁고 참 많이 서러웠다. 바람이 불때마다, 뼈마디 사이사이에서 잡풀이 돋아났다. 억척스레 뿌리를 내린 잡초와 마주선다. 흐릿하지만 아픔의 생채기 몇 개도 보인다. 잡초처럼 살아온 내 삶의 얼룩진 초라함이 거울 안쪽에서 고개를 내민다. 애증愛憎의 기억들. 무심한척 잡초를 뽑는다.

여드름과 새치와 씨름하며 젊은 날을 그렇게 보내고 이제 텃밭에서 잡초를 뽑는다. 호미 날 앞에서 버티어 보던 애증의 사연들이 마지못해 끌려 나온다. 수북이 쌓이는 잡초. 뿌리 채 뽑힌 잡풀더미에서 풋풋한 초록 향기가 번져난다.

반나절 내내 제 이름만 불러대는 한갓진 진 뻐꾸기 목청에 뽑혀진 잡초더미가 벌써 시들하다. 고라니에게 이파리를 보시布施한 푸성귀가 그 까짓것은 별것도 아니라는 듯한 나른한 봄날이다.
삶은 그런 거였다. 2016

84

느림의 발라드ballade

어려서 부모를 잃었다는 그 이유로 내 청년기의 삶은 숨참이었다. 바쁘게 살아가야 열심히 사는 사람으로 치부置簿되던 시절, 느긋함이나 느림이란 게으름의 동의어同意語이자 사치스러움을 지칭指稱하는 또 하나의 단어에 불과했다.

오랜 시간 사진작업을 이어가고 있는 내게 느림이란 어울리지 않는 단어이기도 했다. 사진은 초를 나누는 짧은 시간으로 승부를 결정짓는 예술이기에 순간의 판단력을 요구한다. 피사체被寫體와 마주서 사고思考하고 고민하지만 결국은 전광석화電光石火의 속도로 영상을 사로잡지 않는가. 그 찰나刹那의 속도에 길들여져 있는 내게 느림이란 그저 슬로우slow 셔터shutter라는 사진용어에 불과不過할 뿐이었다.

하지만 사진의 바탕은 느림의 시발점始發點이었다. 촬영을 위해 카메라 뒤 뚜껑을 열고 구깃구깃 필름을 끼운다. 아무리 급해도 생략할 수 없는 절차이다. 셔터를 누를 때마다 레버leve를 돌려 노출과 거리를 맞추고 구도와 색상, 색온도色溫度까지 계산해야한다. 조금의 과부족도 용납容納하지 않는 그의 예민함과 독선獨善에 비위脾胃를 맞춰야 했다. 원하는 영

상을 얻기 위해 빗속과 눈보라 속에서 긴 시간의 기다림도 다반사茶飯事
였다. 그 시간 또한 지루함을 동반하고 있었지만 행복한 기다림이었기에
인내忍耐할 수 있었다. 촬영이 끝난 필름은 이제 되감기를 한다. 스르륵!
필름의 마지막 끝이 파트로네patrone속으로 빨려 들어갈 때의 그 느낌, 마
치 줄이 잘린 연이 허공으로 날아가는 듯한 순간의 환희歡喜를 손끝으로
맛보면서 한 과장科場을 끝낸다.

이제는 미미한 불빛만 허락하는 암실暗室에서 뱀처럼 똬리를 틀고 있던
필름을 끌어내 현실과는 상반된 음화[negative]로 만들어 낸다. 물기가 완전
히 마를 때까지의 촉촉한 기다림은 바로 현상이란 두 번째 과장이다.

뽀송뽀송 필름이 마르면 흐릿한 붉은 조명에서 다시 적정량의 빛을 하
얀 인화지에 덧씌운다. 아직도 영상은 음화이다. 현상액 속에서 빛을 머
금은 백지인화지 위로 서서히 영상이 피어오른다. 마치 사랑하는 연인을
숨어서 보는듯한 설렘이다. 아마 이 마지막 과장의 떨림과 이 순간의 행
복을 맛보기 위해 사진기를 놓지 못하고 있는 것인지도 모른다.

이렇게 양파껍질 벗기듯 몇 번의 기다림을 감내堪耐하던 사진작업이
벌써 아득하다. 순간적으로 사라져 버린 밤하늘 꼬리별의 궤적을 찾고자
두리번거린다. 그 기다림의 시간이 바로 사진의 백미白眉이자 느림의 미
학이 아니었을까?

요즘은 사진관에서 조차 필름을 보기가 쉽지 않다. 사진관의 상징이었던 암실도 사라졌다. 디지털시대로 변화하면서 느림이란 이젠 박물관에서나 만날 수 있는 궤궤한 유물이 되었다. 노출이란 복잡한 광선의 감도感度도, 초점조차 맞출 필요가 없다. 수도꼭지를 열면 물이 나오듯 그저 셔터만 살짝 누르면 기계가 다 알아서 선명한 사진이 만들어진다. 아니 사진기조차도 필요 없다. 휴대폰 하나면 영상을 얼마든지 만들 수 있다. 또 버튼 하나면 아무 일도 없었다는 듯 하얗게 지워버릴 수도 있는 공상소설 같은 시대에 살고 있다.

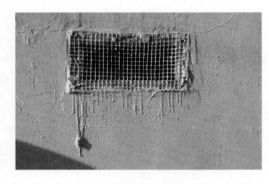

디지털의 속도에 너무 많은 것들이 생략되거나 삭제되어가고 있다. 기다림의 설렘과 기다림을 위해 고속도로를 벗어나 시골길의 한적함을 누려보리라. 달리거나 노래할 때에도 숨을 고르는 시간이 필요하다. 내 삶에 '쉼표' 하나 그려 넣고 무심히 지나쳤던 작은 것들에 눈길을 돌려보리라. 느림이 만들어주는 기다림과 여유를 만끽滿喫하면서 너른 강물이 흐르듯 천천히, 아주 천천히……. 2016

고향에서 고향을 그리다

추석을 이틀 앞둔 날 생각치도 않은 전화를 받았다.

오래전 경제적 이유로 어쩔 수 없이 야간도주로 고향을 등져야 했던 친구였다. 어렵사리 번호를 알아내 전화를 했다며 잔뜩 들뜬 표정이 보이는 듯 했다. 잊힌 사람이 되었을까 불안했는지 격앙激昂된 목소리로 자신의 이름을 몇 번 되풀이했다. 숨차게 친구들과 고향 땅에 대한 안부安否를 묻는다. 보고 싶다는 말끝에 진득한 그리움이 묻어났다. 30분 이상 절절한 그리움이 전화선을 타고 이어졌다.

타향에서 고향 하늘을 바라보는 것은 연어의 귀소본능歸巢本能과 같은 것이리라. 수구초심首丘初心이라고 했다. 말 못하는 동물도 죽을 때 살던 곳을 향해 머리를 둔다는 데 인간에게 고향은 그리움의 원천源泉이기 때문이다.

드넓은 바다를 주유周遊하다 연어처럼 고향을 떠났던 이들은 귀향이란 이름으로 돌아온다. 타지에서 눈을 감는 이들은 육신은 고사姑捨하고 마음만이라도 고향에 묻히기를 원한다. 이미 부모형제나 친구들도 모두 떠나 반겨줄 눈동자 하나 없어도 돌아가고 싶은 곳, 고향은 그런 곳이다.

고향의 흙냄새, 물 냄새는 어머니의 품 같고 향기 같다. 산천 여기저기 묻어둔 한 시절의 진한 추억이 남아 있기 때문이다.

사람에게 가장 잊히지 않는 것은 떠나간 임과 두고 온 고향이라는 말도 있다. 고향을 떠난 사람들은 아무리 아름다운 곳에 살아도 자기고향 산천만 못하게 느껴진다고 한다. 예로부터 수많은 문인들의 고향예찬이 구구절절 이어지고 있지 않는가. 타향살이의 설움을 느껴본 사람만이 고향의 소중함을 안다. 그 친구에게 고향은 무지개 색으로 윤색潤色되어 보호되고 있었다. 그에게 고향은 정지용의 시 '향수'처럼 꿈에도 잊히지 않는 그런 곳이었다.

스스로 떠나면 출향出鄕이고 타의에 의하여 잃으면 실향失鄕이라 했다. 또 스스로 고향에 돌아오면 귀향歸鄕이고 어쩔 수 없이 돌아오면 낙향落鄕이라 하였다. 또 타지에서 터 잡고 살면 제2의 고향이라며 타관의 삶을 스스로 위로하기도 한다. 타향살이 사람들에게 향수병鄕愁病은 결코 부끄럽지 않은 병인 것이다.

부모를 통해 태어난 것은 생물학적 탄생이며, 태어난 장소는 지리학적 탄생이다. 그런 이유로 상황에 따라 고향에 대한 의미는 사람마다 다르게 느껴질 것이다. 고향이 아닌 국내의 다른 지역에서 거주하면 타향살이고 국외로 떠나 살면 타국살이라 표현한다. 그들에게 고향은 넓은 의미로 고국故國이 되고 조국祖國이 되어 어머니의 나라[母國]라고도 한다. 결국 고향을 떠난다는 것은 조상과 이별하는 아픔이다. 정든 것들을 뒤로하지만 버릴 수 없는 그림자를 가지게 된다는 의미가 되기도 한다.

생각지도 않은 친구전화는 새삼 나를 돌아보게 하는 시간이 되었다. 나 역시 잠시 떠났던 방랑지에서 향수병鄕愁病으로 밤잠을 설치다 불과 몇 년 만에 돌아온 경력이 있었다. 성공하여 돌아오겠다던 스스로의 약속도 저버린 채 돌아온 고향. 아무도 반기는 이 없었지만 한동안은 정말 행복에 겨워했던 기억이 새삼스럽다.

고향에서 붙박이로 살아가는 내게 고향은 어떤 의미일까. 녀석의 말대로라면 나는 행복에 겨운, 축복받는 최상의 삶이어야 했다. 하지만 친구야, 고향은 3개의 댐으로 배를 타고 물속에 잠긴 고향을 더듬으며 추억하는 이상한 실향민失鄕民들이 오가는 곳이 되었단다. 몇몇은 아직도 사라져버린 고향을 떠나지 못한 채 호수 언저리에서 맴을 도는 곳이란다. 어쩌면 그들이 진짜 실향민이 아닐까? 마음만 먹으면 다시 고향을 찾을 수 있는 네가 더 행복한지도 모르지. 뚱딴지같은 소리 같겠지만 사실 나는 요즘 고향에서 고향을 그리는 이상한 병을 앓고 있단다. 고향을 떠나거나 물속에 잠긴 것도 아닌데 왜 이리도 마음이 헛헛해지는지 모르겠다. 우리가 마음을 넓히며 키 자람을 하던 추억의 장소도, 자연환경도 변해버렸지, 친·인척은 물론이고 부랄 친구, 선·후배와 친지親知들도 예전처럼 만날 수 없는 고향은 별것도 아니란다. 고향에 산다는 건 분명 행복의 요소이지만 고향이 모든 것을 해결하고 충족充足시켜주는 것도 아니잖니, 잃고 나서야 그 가치와 소중함이 다가오는 게 세상의 이치가 아닐까. 현대인에게 고향이란 이제 박물관에서 만나야 할 박제剝製된 유물에 불과한 것인지도 모르겠다.

하나가 채워지면 또 하나의 빈 공간이 생기는 것인지 사람의 욕심은 끝이 없는 것 같아, 우리가 뛰놀던 골목길과 한여름 내내 텀벙거리던 소양강 백사장白沙場은 이미 흔적조차 없이 사라져 버렸지, 오히려 훌쩍 떠난 네가 부럽기도 했다는 걸 오늘 고백하마. 너를 못 견디게 하는 향수란 아무것도 아닐 수도 있지만 그 어느 것과도 비교할 수 없는 것인지도 모르겠다. 너와 나의 향수병이 분명하게 구분되지만 그리워할 대상이 있기에, 바라볼 곳이 있기에 오늘도 희망을 갖고 사는 게 아닐까.

'마음을 두는 곳이 바로 고향이지'라는 말이 네게 위안慰安이 될까 모르겠다. 그리운 곳, 찾아갈 곳이 있다는 것은 이미 행복을 저금貯金했다는 역설逆說이기도 하지, 명절이면 줄을 잇는 거북이 귀성차량 행렬을 보면서 스스로를 위로한단다. 궤변詭辯이기는 하나 조건만 되면 찾아올 고향을 있는 너에 비해 오히려 나는 영원한 고향의 행려자行旅者로 떠돌고 있는 것인지도 모르니까.

소리 없이 다가온 가을하늘이 꽤나 높구나. 이때쯤이면 큰 눈을 끔벅이며 들녘에서 한가롭게 풀을 뜯는 황소의 긴 울음소리가 정겹겠지. 올해는 유난히 큰달이 떠오른다는데 타향에서 터 잡고 사는 친구들에게 고향의 안부라도 전해야겠다. 2015

춘천의 봄

    호수너머 찻집 창가에서 의암호 건너편에 불쑥 솟아오른 봉의산을 무심히 바라봅니다.

    커피의 수증기에 봉의산이 순간적으로 흔들렸지만 개의介意치 않고 커피 향에 취합니다. 때론 진한안개가 당신을 유괴한 시간에도 나는 실종 신고 조차하지 않았습니다. 늘 그곳에 머물고 있을 거라는 맹목적인 믿음이 있기 때문입니다. 4월이 시작되었는데 며칠 전 쌓인 늦눈 위로 오늘은 봄비가 소리 없이 내립니다.

    철새가 젖은 날개를 털며 날아오르는 호수 너머의 봉의산이 외로워 보입니다. 오랜 세월 눈에 익어 식상食傷할 풍경이지만 오늘 봄비 속에서 또 다른 모습입니다. 어느덧 이순耳順의 문턱을 넘습니다. 나른한 감상에 빠져 홀로 마시는 커피 향은 의미가 다르게 다가옵니다. 이제 진정 춘천의 봄이 시작되려나봅니다. 춘천이라는 이름은 늘 봄을 지니고 있지만 아직 화판畫板은 회색입니다. 입춘立春을 보내고 우수·경칩이 지났음에도 봄은 너른 호수를 건너기가 힘든 모양입니다. 마지못해 봄바람이 느껴지는가 싶으면 불쑥 여름이 되는 춘천의 짧은 봄은 늘 아쉬움입니다. 잠시 머무는 봄이기에 더 애틋하고 아름다운지도 모르겠습니다. 정원의 산수유 꽃망울이 통통해지고 덩달아 개나리도 채색彩色을 서두릅니다. 자세히 보면 이미 춘천의 산록山麓을 물들여가는 노란 꽃이 있습니다. 화려하지 않은 조금은 엉성한 몸짓으로 비탈길과 바위틈에서 꽃을 피웁니다. 바로 동백꽃입니다. 어쩌면 김유정의 '동백꽃'이 알려지지 않았다면 그저 산동박이라는 이름으로 지나칠 나무였습니다. 땔감 사이에 섞여 존재감 없는 잡목雜木에 불과했을 겁니다. 그 꽃 열매기름으로 여인네들이 머리를 치장했었는지, 등잔기름으로 쓰였는지, 그 잎을 튀각으로 식탁에 올렸는지 몰랐었습니다. 이제 동백꽃을 바라보는 시선이 달라지고 있습니다.

얼마 전 산막골에서 웅거雄據하며 소나무그림과 씨름하는 우안 화백이 손수 만든 햇차를 가지고 나왔습니다. 처음 대하는 담담한 맛과 연녹색으로 피어오르는 찻물의 빛깔에 탄성을 올립니다. 동백잎 녹차였습니다. 노란 동백꽃이 지고 나면 마치 붓 꼭지 같이 돋아나는 새순을 따서 그늘에 말린 동백잎차입니다. 알싸한 향이 난다고 표현되는 생강나무입니다. '알싸한' 이라는 단어가 문학적으로 다가옵니다. 가지를 씹으면 매콤하면서도 달착지근한 생강냄새가 입안으로 퍼집니다. 그렇지만 저는 외지사람들에게 생강나무라는 본명은 뒤로하고 늘 김유정의 동백꽃임을 강조합니다.

문득, 이 봄비를 맞고 있을 동백이 떠올랐습니다. 아마 이쯤이면 봉의산 기슭에는 노란 동백꽃 망울이 봄의 문을 열고 있을 시기입니다. 급히 찻잔을 비우고 산을 오릅니다. 오랜만의 입산入山입니다. 지척咫尺에 있어 언제든지 갈 수 있다는 계산에 오히려 오르기가 힘든 산입니다. 비 때문인지 산은 조용했습니다. 인적 없는 산길, 우산을 쓰고 호젓하게 비탈길을 오릅니다. 삭막했던 겨울 숲이 긴 겨울의 터널을 벗어나며 봄맞이를 시작합니다. 봄의 기운을 가장 빠르게 감지하는 나무를 찾습니다. 숲속 나무들이 겨울잠에서 깨어날 준비조차 하지 않는 이른 봄, 제일 먼저 샛노란 꽃눈을 틔우며 새봄을 알려주는 생강나무입니다. 이미 키 작은 풀들은 낙엽더미 속에서 연초록색 물감을 풀기 시작했지만 아직도 봄은 저만치에서 머뭇거리고 있습니다. 물기 머금은 낙엽을 밟으며 약수터를 지나 충원사 쪽으로 발길을 향합니다. 동백나무가 군락群落을 이루고 있는 곳이기 때문입니다. 나
의 기대를 저버리지
않고 무리지어 있는
동백나무가 보입니
다. 나뭇가지 끝과 꽃
봉오리에 투명한 물
방울이 보석처럼 망

울져 있습니다. 아직 동백꽃은 노란색이 아닌 연녹색 빛을 머금고 비를
맞고 있습니다. 그 속에 꿈틀거리고 있는 봄이 보입니다. 아마 이 비가 지
나고 나면 성큼 봄이 다가올 것입니다. 내친김에 허물어지고 이끼 낀 봉
의산성 앞에 섭니다. 성벽은 오늘도 아무 말이 없습니다. 목숨을 걸고 몽
고군과 싸우던 이들의 함성이 빗속에 자져듭니다, 최후 혈전의 아픈 기억
을 반추反芻하며 입을 다문 채 눈물을 흘리고 있었습니다. 패배를 자책自
責하며 긴 날을 자해自害해온 성벽의 상혼을 타고 봄비가 흐릅니다. 오늘
당신의 혼을 위무慰撫하는 빗줄기가 가슴을 적십니다. 성벽 틈을 비집고
나온 소나무 몸피는 덧없이 굵어만 갑니다. 나는 무너져 가는 산성을 바
라만 볼뿐 아무것도 할 수가 없습니다.

　산성에 올라서니 나무사이로 시가지가 내려다보입니다. 여기저기 무
리를 지어있는 아파트 단지도 보입니다. 그 너머로 뭇 산들이 강강술래
를 돌듯 돌아납니다. 정상頂上이 멀지않기에 발길을 재촉합니다. 봄비 때
문인지 안개가 떼 지어 몰려다닙니다. 눈앞이 흐려졌다가 바로 시야가

97

탁 트이기도 합니다. 바람이 나무를 흔들자 후드득 후드득 대추 비를 우산 위로 쏟아놓습니다. 색 바래 젖은 솔잎이 함께 떨어집니다. 정상에 늘어놓은 운동시설에도 봄비가 내립니다. 이렇게 올봄이 쓸쓸히 다가오고 있을 줄은 정말 몰랐습니다. 모처럼의 등정, 좀 더 많은 것을 느끼고 보고 싶었는데 봉의산은 저와 함께 하는 게 낯선 모양입니다. 빗줄기가 조금씩 자저 들어 우산을 접고 봄을 느껴봅니다. 꽃망울을 틔우는 동백꽃 향기가 내 몸에 스며들기를 바라며 하산 길을 재촉합니다.

올해는 꼭 한번 봄의 향기를 담은 동백잎차를 만들어 볼 계획입니다. 안개비가 자욱이 산자락을 덮는 모습은 또 다른 아름다움입니다. 촉촉한 발걸음이 가볍기만 합니다. 2011

타임머신

기억의 뒤안길에서 가물거리던 실타래가 풀렸다.

잊힌 줄 알았던 시간의 한 올을 당기자 마지못해 줄줄 끌려 나온다. 인간이 기억할 수 있는 한계는 어디까지일까. 그리고 기억 량은 얼마나 될까. 나이가 들면서 잠시전의 일도 깜박하는 건망증 중세로 가끔씩 곤혹困惑을 치른다. 그러나 과거의 하루가 팝업pop-up창처럼 불쑥 튀어 나와 지워졌던 사건을 또렷하게 보여주는 그 복원력復元力은 무엇이란 말인가

요즈음 TV 프로그램 "친구야 반갑다"friends를 즐겨보고 있다. 인기연예인들이 30~40여 년 전의 초등학교 친구들을 만나는 장면이다. 소위 부랄친구로 어린 시절을 함께했으나 삶이라는 언덕에 가려 잊혔던 친구들을 각본 없이 만나는 장면이 연출된다.

당사자도 기억 못하던 일을 이름조차 낯설어진 친구가 어제 일처럼 정확히 그려댄다. 의아해 하면서도 손바닥을 치고, 무릎을 치며 마주하는 장면이 너무나도 아름답다. 철없던 시절의 자랑스런 추억은 물론 감추고 싶었던 부끄러운 행태까지 드러난다. 대본 없는 대사야 말로 백미百媚 중의 백미이다. 소년소녀였던 그들이 이제는 머리가 벗겨지고 불룩 나온

아랫배로 나타난다. 도무지 누가누군지 알 수 없을 것 같다는 생각은 기우였다. 옥석을 가리듯 친구를 가려내는 모습이야말로 행복지수의 정점頂點이다. 더욱 초등학교 졸업앨범에 담긴 순수한 옛 사진과 지금의 모습을 비교하는 장면도 감동이다. 세월이 흘러도 어딘가 남아있는 옛 모습과 잔상殘像을 비교해 보는 재미가 쏠쏠하다.

스타들은 대개 어린 시절부터 남다른 특별함을 가지고 있었다, 그러나 주목注目받지 못하던 친구가 부단한 노력으로 성공한 여정은 삶의 지표指標로 삼을 만했다. 또 서로의 외모만 보아도 그동안의 삶들이 어떠했는지 굳이 물어볼 필요도 없었다. 거울처럼 드러나는 삶의 궤적과 환경의 중요성을 새삼 느끼게 한다.

완전히 잊힌 것으로 알았던 기억력을 소생蘇生시켜주는 과거의 작은 파편破片들. 마치 책갈피를 들추었을 때 불쑥 나타난 네잎 클로버를 통해 재생再生되고 복원되는 파일들. 삭제버튼을 누른 적이 없기에 살아있는 기억들이 소환召喚된다.

45년 만에 처음으로 초등학교 동창회가 열렸다. 200여명의 졸업생 가운데 연락이 닿은 40여명이 모였다. 얼굴은 고사考査하고 이름조차 낯선 친구들도 있었지만 그 오랜 시간의 공백도 우리를 갈라놓지 못했다. 정말 많이들 변했다. 옛 모습을 간직하고 있었지만 모두들 잊지 않고 주름살과 하얀 머리카락까지 가지고들 나왔다. 변해버린 모습들을 거울처럼 마주한다. 대화는 어린 시절로 돌아간다. 노숙老宿해진 여자 친구들에게

는 반말을 하기 조차 부담스럽다. 세월의 두께를 한 겹 더 포장한 것 같은 당당함과 자신감이 느껴진다. 점점 목소리들이 커진다. 바로 아줌마라는 이름의 힘이다. 내가 꼭 한번 만나보고 싶던 지순이의 모습이 보이지 않아 아쉬움이 컸다. 그 시절 어려운 환경 속에서 간직했던 코 찔찔이들의 추억이 아름다움으로 포장되고 윤색潤色된다. 처음의 서먹함은 술잔이 몇 순배 돌자 일시에 사라져 버린다. 웬 보따리들이 그리도 많은지 이야기가 끊이지를 않는다.

　그 시끌벅적한 와중渦中에서 다른 세상의 이야기처럼 친구의 부음訃音소식도 접한다. 잠시 숙연해진 분위기를 추스르며 술잔이 돌고 돈다. 술잔이 부딪친다. 잠시 침울했던 분위기는 사라지고 우리는 다시 초등학생 시절로 돌아간다.

그런 이유 때문이었을까.

체면이나 위선도 벗어 던진다. 싸움 잘하던 녀석과 반장친구는 그 시절 무용담武勇談을 각색脚色하여 떠벌여도 전혀 유치하지 않다. 화면에 반짝거리는 반점斑點이 연속되던 무성無聲영화처럼 우리들의 과거는 즐겁기만 했다. 그런 와중에 누군가 가지고 나온 졸업사진이 돌고 있었다. 32절 크기로 색상이 누렇게 변한 흑백사진의 위력威力은 대단했다. 졸업앨범도 없

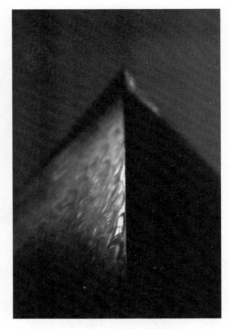

었던 우리에게 사진 한 장은 서로를 연결시켜주는 유일한 기록물이다. 졸업사진 조차 살 수 없었던 나와 몇몇의 친구들에게 이 사진은 환상 그 자체였다. 누가 누군지도 모를 정도로 얼굴이 작았지만 사진 안에서 내 모습을 쉽게 발견한다. 순간 호흡이 멈춰진다. 상구머리를 한 내 모습이 한없이 클로즈업된다. 흑과 백의 갈피사이에 소리 없이 묻혀있던 시간이 손에 잡힐 듯 어른거린다. 친구들도, 술잔도 잊어버린 채 나는 순간적으로 타임머신을 타고 과거로의 여행을 즐기고 있었다. 2007

손끝으로 다가오는 작은 행복

태胎를 자른 곳,

그 이유 하나로 고향은 어머니 품 같은 포근함의 대명사이다. 그것이 고향을 사랑할 수밖에 없는 이유이기도 하다. 청년기에 잠시 타향살이에서 서럽고 젖은 손수건의 의미를 실감實感한 후 고향을 떠나지 못하고 있다. 아무도 내게 따뜻한 눈길을 주지 않았지만 외로움을 이겨낼 수 있게 하는 추억이 오롯이 남아있기 때문이다. 하루가 다르게 변해 가는 도시 속에서도 곳곳에 남은 어린시절의 편린片鱗들, 낯익어 정겨운 길목, 지금도 소리치면 언제나 대답하는 추억의 메아리가 대답한다.

북한강과 소양강이 만나 하나가 되는 주변에 자리 잡은 강 마을 춘천. 어린 시절 앉은뱅이 썰매를 시작으로 낚시, 스케이팅, 수영을 자연스럽게 접했다. 물론 개헤엄(?)이라는 마구잡이 수영이지만 계절마다 자연에 순응順應하며 살아왔다.

호반湖畔의 도시. 안개의 도시. 문화예술의 도시라는 미사여구美辭麗句로 치장治粧했지만 세 개의 댐을 가진 전국 유일의 도시라는 게 자랑인지 부끄러움인지……

맑은 물이 흐르던 신연강과 대바지강 그리고 곰짓내를 한입에 삼켜버린 너른 의암호. 강바닥에 도시의 찌든 앙금을 잔뜩 머금고 있는 호수를 바라본다. 불과 40여 년 전의 내 체험담을 전설처럼 듣고 있는 아이들, 먹을 수도 없는 고기를 낚는 운치韻致 없는 공지천의 강태공들. 손 시린 한 겨울 추위에도 얼지 않는 호수는 그저 막연漠然한 그리움으로 기억될 뿐이다. 지워져가는 옛 모습을 복원해 본다

강마을 서민들의 가장 친근한 여름철 피서 법은 천렵川獵이었다. 웃옷을 벗어 던지고 개울물을 텀벙거리며 족대로 고기를 건진다. 뭍에서는 양은솥을 걸고 고추장 풀은 후 마른 나뭇가지에 불을 붙인다. 가까운 밭에서 슬쩍한 깻잎과 풋고추를 숭숭 썰어 넣는다. 얼큰 시원하게 끓여진 매운탕에 쐬주(?) 몇 순배巡杯가 돌고 돈다. 천변 키 큰 미루나무에선 덩달아 취기醉氣 오른 매미 떼가 함께 합창을 하던 여름날의 추억. 여울을 오르내리며 한 바가지씩 잡아내는 투망질投網과 어항 천렵도 일품이나 실패가 없는 견지낚시를 즐겼다. 세계에서 오직 우리나라에서만 볼 수 있다는 견지낚시. 물이 무릎정도만 흐르는 여울이라면 어디서나 누구나 즐길 수 있는 여름철의 피서이자 놀이였다.

대 낚시꾼들은 그까짓 피라미 낚시를 왜 즐기는지 의아해 한다. 하지만 견지낚시는 말로 표현하기 어려운 미묘한 느낌과 떨림의 환희歡喜가 있기 때문이다. 큰 것에서는 느낄 수 없는 섬세한 맛. 견짓대를 통해 손끝으로 전해오는 떨림의 선율을 문체文體로 표현할 수 없음이 안타까울 뿐이다. 사실 낚시의 대명사는 찌가 솟아오르는 순간 반사적으로 낚싯대를 채

는 대낚이다. 큰 고기가 걸렸을 때 낚싯대를 통해 온몸으로 다가오는 그 팽팽한 긴장감과 스릴thrill을 어디에 비하랴, 한 밤 내내 뜬눈으로 찌를 응시凝視하는 기다림의 낚시가 멋스럽기는 하다. 묵직한 힘과 끊어질 듯 부러질 듯한 밀고 당김의 흥분감. 세월도 낚는다는 여유와 기다림의 멋이야말로 대낚시가 아니면 맛볼 수 없는 기쁨이다. 그러나 장비와 기술 그리고 끈기 없이는 기쁨을 맛보기가 쉽지 않은 것이 대낚시이기도 하다.

견지낚시라고 피라미만 잡히는 것은 아니다. 때론 경이롭게도 30cm가 되는 누치나 끄리가 걸려 대낚시 이상의 쾌감을 선물하기도 한다. 하지만 견지낚시의 즐거움은 피라미 잡기이다. 견지는 기다림의 대낚시와는 완연히 구분된다. 흐르는 물의 속도와 깊이에 따라 추를 맞추고 줄을 풀어준다. 낚싯대를 물 흐름의 반대쪽으로 챔질을 하다 보면 순간적으로 어디에 걸린 듯한 느낌이 온다. 줄이 팽팽해지며 손끝으로 파르르 떨려오는 느낌을 즐기면서 천천히 줄을 감는다. 뭉게구름 떼를 지어 물장구치는 맑은 여울물로 은빛물고기 한 마리가 마지못해 딸려온다. 한줄기 시원한 바람이 한 여름을 가르며 지나친다.

견지낚시의 감칠맛에 끌려 올해도 어김없이 아이들과 몇 차례 여울을 찾았다. 아내와 아이들도 견지낚시를 즐긴다. 또 마음이 맞는 지인知人과 함께하면 자연 속에서 소풍을 겸한 즐거움과 고기를 낚는 기쁨은 배가된다. 잡은 고기 마리 수로 시합을 하며 즐긴다. 한 시간 정도면 싫증을 내는 아이들을 위해 어항도 몇 개 놓는다. 물장구를 치며 놀던 아이들 사이로 피라미 떼가 쏜살같이 지나친다. 아이들은 비닐봉지를 이용해 잡은 송사리를 음료수 병에 넣는다. 여름이 병 속에서 유영游泳 한다. 파란하늘이 병 속에서 출렁인다. 지금 이 시간이 아이들에게 어린 시절 가족과 함께 즐거웠던 하루로 추억되기를 기도한다.

견지낚시의 느낌이 바이올린의 선율旋律이라면 어항 속에서 아우성치는 은빛의 향연饗宴은 교향악에 비교가 된다. 나름대로의 독특한 개성으로 가슴까지 와 닿는 농도濃度는 누구나 다르겠지만 삶에 행복 또한 이러하지 않겠는가.

분수分數에 맞는 삶을 위해,

환경에 맞는 행복을 위해,

어쩌다 잡는 대어大魚의 기쁨보다 순간순간 손끝으로 미묘美妙하게 전해오는 마디마디의 작은 기쁨이라도 내 것으로 만드는 슬기를 배워야 한다.

어느 날 갑자기 출근길 잃은 아버지와 끼니를 위해 아들 새끼손가락을 잘라 보험금을 타내려 했던 그 아버지의 아픔을 비교하지는 말아야지. IMF라는 복병伏兵으로 자꾸만 움츠려지는 어깨를 위하여, 기상이변의 물난리를 겪은 이웃을 위해 한 통화에 천원이라는 전화 다이얼을 누른다. 가느다란 낚시 줄을 통해서 감지感知되던 떨림이 느껴진다. 남의 불행이 내 행복의 척도尺度라는 알쏭달쏭한 단어가 유행하는 불황시대의 헛헛한 일상들.

새끼손가락 걸지 않아도 약속이 이행되는 복지사회를 기다린다.

작은 기쁨에 아니 범사凡事에 감사하는 마음으로 살아가야지,

가슴에 와 닿는 작은 떨림의 증폭增幅을 위해서…… 1999

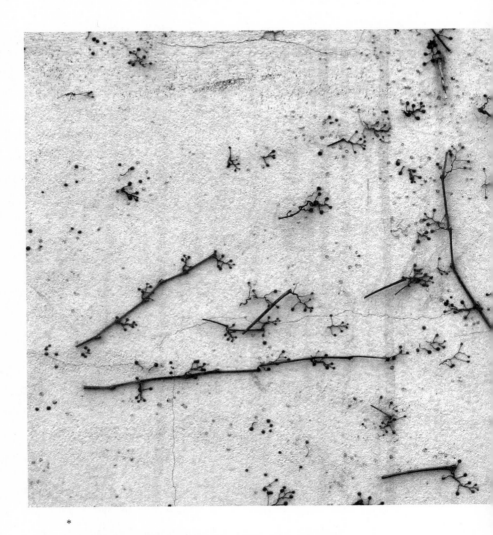

*

내 작은 가슴으로는 차마 떠나보낼 수없는 질긴 그리움이다.
나만의 세계에서만 들리는 이명耳鳴의 각질일 뿐이다.
끝내 네게로 전하지 못한 그리움의 사연이 암호처럼
아직도 미완성의 아린 아픔으로 머물고 있다.

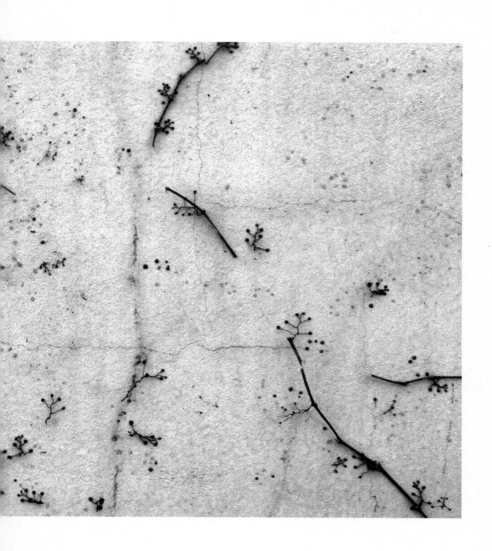

군자란 君子蘭

　분무기로 샤워를 마친 화초가 뿜어내는 싱그러움으로 아침을 시작한다. 꽃잎 끝에 매달린 물방울이 투명한 보석처럼 빛난다.

　이곳저곳을 떠돌다 10여 년 만에 어렵사리 내 집을 마련했다. 소유권을 인정받고 당당히 입성入城했던 그날. 설레는 마음으로 새로 맞춘 커튼을 치고 하얀 벽에 가족사진도 걸었다. 뿌듯했다. 가장으로서 내 가족의 안식처를 해결한 안도감과 성취감에 잠 못 이루며 거실을 서성였다.

　소위 인간닭장이라고도 불리는 아파트 생활도 벌써 10년이 넘었다. 7층 거실에서 보이는 자연이라야 건너편 아파트단지에 가려 머리만 빼꼼이 내민 대룡산과 정원의 수목樹木들이다. 그래도 촉촉한 정서情緒는 베란다의 화초 몇 분과 건강하게 커가는 아이들이 있기 때문이리라. 동남향이라 햇볕이 잘 드는 베란다가 실내 정원으로 훌륭하다. 생활의 주공간인 거실에서 자연과 접할 수 있는 화초들이 참으로 소중하다. 흙을 밟고 흙냄새를 맡으며 살았던 우리의 삶이 콘크리트 벽속에 갇혀 쳇바퀴 일상을 반복하고 있다. 먹이를 위해 부지런히 드나드는 개미떼와 내 생활이 다른 점은 무엇일까. 겨울바람이 창문을 흔들고 대룡산은 아직도 하얀 고깔모자를 쓰고 있다. 베란다의 오죽烏竹, 동양란과 이름도 모르는

110

키 큰 활엽수가 녹색커튼 역할을 한다. 꽃대를 밀어 올린 군자란君子蘭이 봄맞이를 서두르고 있다. 며칠 후면 하나둘씩 꽃망울을 틔우며 제일먼저 봄소식을 전해주리라. 쥘부채摺扇처럼 포개져 있는 가슴을 헤집고 올라온 꽃대 끝에서 불꽃같은 한 무더기씩 주황색 꽃을 피울 것이다. 화려하면서도 기품이 느껴지는 꽃봉오리를 세어 보니 무려 이십여 송이에 이른다. 소리 없이 다가온 봄의 힘에 저토록 가슴을 부풀리는데 누가 군자란에 향이 없다고 무시하는가. 눈으로 향기를 맡게 하는 꽃이다. 더더욱 군자란이 예쁜 건 두 달이 넘도록 시들지 않는 환한 모습으로 함께 하기 때문이다.

동양화 소재로도 친숙한 군자란은 이름과는 달리 남아프리카가 고향이다. 게다가 난과蘭科도 아닌 수선화과의 다년초이다. 하지만 군자란의 예쁜 짖은 계속된다. 꽃이 지고 꽃대  끝에 한 무더기로 맺는 열매가 매실정도의 크기로 커진다. 이 초록열매가 주황색으로 변하면서 더 이상은 참을 수 없다는 듯 입을 벌리고 뿌리를 내민다. 바로 이 열매로 식구를 늘린다. 뿌리를 내민 군자란 열매를 매년 주변 지인들에게 나누는 재미도 쏠쏠하다. 분가한 군자란이 그들의 생활 속에 활력이 되어 싱그러운 아침을 만들어주기를 기원한다.

늦잠에서 깨어난 이른 봄날의 일요일 아침. 화초를 돌보는 아내의 모습을 지긋이 바라본다. 진정 저 꽃이 피는 까닭은 무엇일까? 신神의 뜻인지, 절기節氣에 대한 자연적 순응順應인지, 아파트의 따뜻함인지, 아니 아내의 손길인지, 나는 아무것도 모른다. 단지 활짝 핀 군자란 꽃이 내 가슴에 전해준 향기를 행복이란 이름으로 만끽하고 있을 뿐이다.

불현듯 시인의 이름도 없이 내 노트에 갇혀 있던 시 한 수가 고개를 내민다. 그 시를 음미吟味하면서 오늘 아침을 나누고자 한다.

"蘭도 아니면서 蘭이라고
그것도 君子라는 이름을 얻어
뽐내는 君子蘭

자신의 친척인 水仙花를 멀리하고
蘭으로 행세하는 君子蘭

군자란은 주위의 蘭 화분보다
재빨리 꽃을 피운다.

열여섯 송이의 꽃잎을
동그랗게 펼친다."

2003

112

흔들리는 요람

혼들리는 요람에서 시작한 삶이라
작은 바람 앞 촛불처럼
꽤나 흔들렸다

끝나지 않은 여행
흔들리는 세월에 몸을 맡긴 채
차창 밖 지나치는 풍경을 바라본다

오늘도 옷깃 흔드는 바람불어
올곧은 삶이라 고개를 꼿꼿하게 세우지만
가끔은 예쁜 처자에게 마음이 흔들리곤 했다

'흔들리지 않고 피는 꽃이 어디 있으며,
흔들리지 않고 얻은 사랑이 어디 있으랴'
라는 어느 시인의 시어詩語처럼
흔들리며 핀 사랑이 더 아름답다는 걸
이제야 눈치챈다

부끄럽다
참으로 부끄럽다
아직 갈 길은 먼데
한잔 술에 지구별이 흔들거리니
세상사 참 별것도 아니었구나

어차피 흔들리며 시작한 인생
조금 더 흔들린들 어떠랴

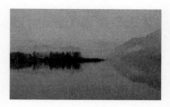

3 ― 거울 속 그 사람

sensibility miscellany
—
서당 개, 달보고 짖다

이름의 가치

모처럼 동사무소 아니 주민자치센터를 찾았다.

생활과 밀접한 곳이라 일 년에 한 두 번은 찾게 되지만 언제나 낯설다. 비좁은 주차장에 겨우 차를 세우고 들어선다. 예전보다 한층 밝아지고 친절해졌지만 보이지 않는 경직감硬直感이 느껴진다. 늘 그러하듯 직원들의 상투적常套的인 어휘語彙의 인사를 받는다. 참 많이 변했다. 관청이라는 무게감을 벗어내려고 애쓴 흔적이 보인다. 비좁고 우중충하기만 했던 동사무실이 은행창구처럼 환하다.

슈퍼마켓 진열대처럼 나열羅列된 양식樣式 중 하나를 고른다. 글자가 너무 작아 눈을 찌푸린다. 나이에 비해 시력은 좋은 편이나 노안老眼으로 작은 글씨가 아른거리니 어쩌랴. 비치備置되어 있는 돋보기를 집어 든다. 일순간 눈앞이 환해진다.

돋보기를 가지고 다녀야 하나 상 노인네 모습 같아 꺼려진다. 허나 집 안에선 방마다 아니 화장실까지 돋보기를 비치하고 있다. 신청서의 빈칸을 채워나간다. 먼저 이름과 주소를 쓴다. 나름대로의 용처用處가 있겠지만 웬 빈칸이 그리도 많은지 시험을 치르는 느낌이다. 한자위주의 행정용어는 언제나 낯설다. 어떻게 써야할지 궁시렁대다 탁자 밑에 올바른 작성을 위해 비치된 견본見本을 발견했다. 소위所謂 모범답안지이다. 덕분에 어렵지 않게 신청서를 제출하고 무료無聊함에 견본을 둘러본다. 자세히 보니 신청자가 모두 홍길동이다. 생각해보니 그 이름은 여기뿐만 아니라 다른 관청에서도 사용하고 있었다. 남의 이름을 함부로 써넣기가 애매한 신청서가 있어서 그랬을까. 아니 헷갈림 방지를 위해 알려진 이름을 사용한 것인지도 모른다. 하긴 동에서 번쩍 서에서 번쩍하던 위인偉人이니 무리는 없을 것 같았다.

다른 것과의 구별을 위해 모든 사물에 명칭을 부여附與한 것이 이름이다. '하늘은 녹祿없는 사람을 태어나지 않게 하고, 땅은 이름 없는 풀을 내지 않는다.' 라는 명심보감明心寶鑑의 글을 떠올린다. 이름 없는 사물이 없는데 하물며 이름 없는 사람이 있겠는가. 이름을 가졌다는 것은 존재하거나 존재했었음을 의미한다. 오늘 빈칸에 채운 내 이름 석 자는 얼마만큼의 질량質量과 부피를 가지고 있는 것

일까. 이름만 대면 얼굴이 떠오르는 사람이 있다. 또 얼굴은 떠오르는데 고개를 갸우뚱 거려도 이름이 생각나지 않는 사람도 있다. 이름이 널리 알려져야 성공한 사람으로 치부置簿되는 세상이다, 과연 내 이름을 기억하는 사람은 몇이나 될까 궁금해진다.

꽤 오래전의 일이다. 길에서 환한 웃음을 지으며 불쑥 '너 창섭이 맞지'하며 앞을 막는 분과 조우遭遇했다. 누구지? 은백색머리와 짙은 주름을 가진 품위가 느껴지는 초로初老의 노인. 분명 낯이 익은 분인데 도무지 생각이 나지 않았다. 멈칫거리다 우선 '아, 안녕하세요.' 하고 인사부터 올렸다. 바로 초교 4학년 때 담임선생님이셨다. 50년의 세월을 건너 은사恩師와 제자의 해후邂逅였다. 자신의 이름을 정확히 불러주는 스승의 이름조차 기억 못하고 우물거리던 제자. 잠시 침묵이 흘렀다. 송구스러움에 저절로 고개가 숙여졌다. 기억력의 문제가 아니었다. 지난시간과 내 이름이 부끄럽기만 했다. 선생님과 헤어지고 나서야 불쑥 성함姓銜이 떠올랐다. 가슴이 쿵쿵거렸다. 조금 늦기는 했지만 존함尊銜을 기억해 낸 자신에게 박수를 보냈다. 무슨 말을 어떻게 나눴는지 생각이 나지 않았다. 평범해 존재감조차 없던 제자의 이름을 품고 계셨던 선생님의 그 가슴을 열어보고 싶었다.

책이나 영화도 제목에 따라 흥행이 달라진다고 한다. 많은 연예인들이 지명도를 높이기 위해 얼굴성형에 앞서 이름부터 고친다고 한다. 사람의 이름은 행적에 따라 역사에 기록되기도 하고 후세까지 전해진다.

후대에 쓰임 있는 이름은 아닐지라도 내 이름에 걸맞은 행동과 보폭步幅으로 살아가야겠다. 이름을 기억한다는 것은 그 사람이 특별하거나 관심이 있다는 증거이다. 내 이름이 불려지기 전 내가 먼저 그들에게 다가가 이름을 불러야겠다.

더 밝고 아름답게 기억되는 세상을 위하여. 2018

'오수물 댁' 셋째 사위

일상에서 우리가 가장 많이 사용하는 어휘는 호칭呼稱이 아닐까?

사람은 태어나면서 이름을 갖는다. 아니 요즘은 태명胎名이라며 뱃속부터 이름을 갖기도 한다. 사람뿐만 아니라 세상 만물에 저마다 이름이 붙어 있다는 사실이 신기하고 놀랍다. 하물며 이름 모를 산새나 들꽃도 이름이 없다는 것이 아니라 모른다는 이야기다. 설사 무명無名의 대상을 발견해도 곧바로 이름을 부여附與한다. 세상에 이름 없는 것은 존재하지 않는다. 살아서도 불리지만 죽어도 남는 것이 이름이다.

사람에게는 많은 호칭이 따른다. 부모님이 지어준 이름에도 어릴 때 불리던 아명兒名과 호적戶籍에 올린 이름이 있다. 외모나 행동거지行動擧止를 통해 별명을 갖기도 한다. 또 연예인들의 예명藝名과 문인들이 쓰는 필명筆名도 있고 연인끼리의 닭살 돋는 애칭도 있다. 직장에선 직위명이 이름으로 불리기도 하고 직업에 따라 다양한 호칭으로 불린다. 그 외에도 별호別號 아호雅號 당호堂號 택호宅號가 존재하고 있다. 어디 그 뿐이랴. 또 법명, 세례명 등 종교적인 호칭도 있다. 예전에도 이름조차 없다는 노비奴婢나 천민이 개똥이, 돌쇠, 언년이 간난이 등으로 불리던 호칭도 분명 이름이다.

호칭을 생각하다보니 불쑥 그분이 떠오른다.

「목박사」이다. 이미 세상을 뜨신지 10여년이 지났지만 아직도 지근至近에 계시는 것 같은 느낌이 들게 하는 분이다. 박사博士는 그 분야의 최고 경지에 도달한 존경받는 분들의 존칭尊稱이다. 그런 박사님들께는 아주 죄스럽지만 사실 주변에 박사가 너무 많아졌다. 세속적世俗的으로 말한다면 흔해졌다. 예전 유행가 가사에 길을 가다가 사장님하고 부르면 10명중 8명이 돌아본다는 노랫말처럼 요즘은 박사라는 칭호가 그러한 시대에 살고 있다.

하지만 목 박사는 좀 다른 분이다. 자칫하면 성씨 때문에 목을 치료하는 분으로도 생각할 수 있지만 사실은 목睦씨 성을 가진 나의 장모님 별호이다. 대학은커녕 신문학新文學을 접하지 못한 분이었지만 성격과 결단력이 남달리 돋보였던 분이셨다. 해박한 지식과 경험 그리고 뛰어난 판단력으로 친지들이 자연스럽게 부르던 호칭이다. 당신께서도 그리 싫어하지 않으셨던 것으로 기억된다. 그 호칭 때문이신지 고집과 행동도 박사급으로 특별하셨다. 남에게 지고는 못 견디시는 완고함으로 쉽게 표현하면 고집불통이나 나름의 논리와 철학을 가진 분이셨다. 그러나 친지들과는 달리 마을사람들에게는 '오수물 댁'으로 불렸다. 택호였다. 보통 여성들은 친정親庭의 지명地名이 택호로 불리는 게 일반적이다. 새색시에게 택호를 부여 한다는 건 배려의 깊은 뜻이 포함되어 있음이다. 정든 산천을 떠나 낯설고 생활문화마저 다른 곳에 혼자 내던져진 두렵고 외로울 새댁에게 자신이 자란지역의 이름은 얼마나 정겨운 호칭이었을까? 택호의 사용이 언제부터 비롯되었는지 알 수 없다. 다만 외부활동이 거의 없는 아녀자의 이름을 함부로 부르기 어려운 사회에서 자연스럽게 만들어 진 호칭이었을 것이다.

그러나 지명으로만 택호가 만들어 지는 것은 아니었다. 특별한 예이기는 하나 '오수물 댁'으로 불리는 나의 장모님 택호는 지명이 아니다. 집 앞마당에 있던 우물이름이 택호로 굳어진 분이다. 알고 보니 '옻우물댁'의 변형이었다. 나무가 땔감이던 시절 옻이 오르면 약 대신 이 우물물을 먹고 바르면 효험效驗이 있던 샘터였다.

처가 동네 분들을 만나면 아내는 언제나 '오수물 댁 셋째 딸'이었고, 나는 당연히 '오수물 댁 셋째 사위'로 불렸다. 또 그렇게 말씀드려야 고개를 끄떡이며 누군지를 알아

보았다. 지금도 처가마을엔 옻우물이 아닌 오수물이란 상호商號가 전해 진다. 옻우물의 의미가 변형되어 「다섯 개의 우물」, 「다섯 가지 맛의 물」로 전해지고 있다.

디지털사회에서 택호는 이제 빛바랜 흑백사진과 같은 것이다. 사용빈도가 낮아지고 상징성도 희미해 졌지만 과거의 산물로 치부恥部해 버리

기는 아쉬움이 따른다. 요즈음 아파트에 사는 사람들의 택호는 바로 호수였다. 아내의 택호는 708호 댁이고 나는 708호 아저씨이다. 과거에는 택호로 그 사람의 출신지나 품성을 조금은 엿볼 수 있었다. 이제는 그저 분별하기 위한 단순한 호칭일 뿐이다. 하긴 아파트는 현관문만 닫으면 완전히 다른 세상을 구획區劃하는 공간이다. 이웃의 출신지가 뭐 그리 중요한 일이냐 마는 호칭과 함께 이웃과의 정겨움이 사라져 가는 것 같아 안타깝기만 하다.

현대는 여성 상위시대로 점차 모계사회母系社會에 들어가고 있다며 남성들이 엄살을 떤다. 가부장제家父長制의 권위에 눌려있던 여성들의 이름이 지면이나 언론을 통해 당당하게 오르내리고 있다. 여성의 사회진출이 늘어나 그 역할이나 능력이 커져 가고 있다. 하지만 아직도 대다수 여성들이 시집을 가면 누구의 아내 또는 누구의 엄마로 불린다. 나 역시 아내의 이름보다는 누구엄마로 호칭하고 있지 않은가.

택호로 아내를 부르기도 낯설고 어색하다. 이 기회에 적절한 호를 하나 만들어 선물해야 겠다는 생각이 불쑥 든다. 어떤 아호가 아내의 마음을 사로잡을 수 있을지 오늘 걱정거리가 하나 더 늘었다. 2015

차 한 잔 하시지요

경건한 자세로 찻상 앞에 앉는다. 조용히 수도승修道僧의 자세와 마음으로 찻물을 따른다.

촐! 촐! 촐! 소주병을 따고 첫잔을 따를 때처럼 맑고 경쾌한 소리를 내며 잔이 채워진다. 찻물이 노란색을 띠우는가 싶더니 서서히 연녹색으로 농도濃度를 더해 간다. 그 빛깔이 참으로 곱다.

맛을 보기도 전 벌써 마음이 설레며 몸이 뜨거워진다. 눈으로 보고 마음으로 느껴보는 차맛. 선비들이 한겨울에 방문을 열고 소나무에 얹힌 눈을 바라보며 차를 음미吟味하던 분위기를 떠올린다.

내가 차를 처음 접한 건 언제였을까. 전통차를 생각했는데 커피가 먼저 떠오른다. 생활 속에서 자연스럽게 다가온 커피. 어린 시절 미간眉間을 찌푸리면서 어른들은 왜 이런 쓴맛을 마시는지 의아해 했었는데 이제는 커피가 없는 생활은 생각조차 할 수가 없다.

지금은 어느 집이나 사무실을 방문해도 당연하다는 듯 커피가 나온다. 소위 전통차라 불리는 생강차, 녹차, 인삼차, 율무차, 둥굴레차는 물론 대잎차, 메밀차, 감잎차 등 종류도 많지만 그저 구색 맞추기에 불과할 뿐이다.

예전 직장에서도 아침이면 한 잔의 커피로 업무를 시작했었다. 뜨거운 향기가 피어오르는 커피 잔에서 따뜻하게 전해오던 잔잔한 행복감을 사랑했다. 또 업무가 짜증나거나 잘 풀리지 않을 때도 내손에는 커피가 들려있었다. 점심시간이면 동료들과 자판기自販機 앞에 삼삼오오 모여 습관처럼 커피를 마시곤 했다.

또 함박눈이 펑펑 쏟아지거나, 촉촉한 비가 대지를 적시는 창밖의 풍경을 마주할 때도 내 손에 커피 잔이 들려있었다. 어디 그뿐이랴, 조용히 음악을 감상할 때나 한권의 책에 빠져 있을 때에도 커피 잔이 놓여 있었다. 이러한 환경 속에서 나는 서서히 커피 맛에 빠져들었다.

커피 하나, 프림 둘, 설탕 두 스푼인 소위 다방커피로 시작했다. 이어 인스턴트 봉지커피에서 원두커피로 세상의 흐름에 맞게 내 취향趣向도 변해갔다. 또 다방茶房에서 다실茶室로, 찻집에서 커피숍으로, 카페, 커피 전문점으로 변신에 적응해 나가고 있다. 요즈음에는 커피 맛뿐만 아니라 분위기가 좋은 집을 찾아 멀리까지 커피투어tour를 하기도 한다.

하지만 산사山寺에서 통나무 찻상을 놓고 녹차를 음미하는 순간의 그

옥함은 또 다른 매력이다. 가끔씩 울리
는 풍경소리와 곱게 우러나는 찻물, 두
손으로 찻잔을 받쳐 들고 공손히 마신
다. 요즘엔 가정에도 별도의 찻방을 만
드는 집이 늘고 있다. 꽤나 고가로 보
이는 다구茶具에 귀한 차라며 너스레를
떨면서 내놓는다. 자신의 여유와 교양
을 들어내려는 모습이 거슬렸지만 내
심 부러움을 느꼈으니 나는 아직도 속
물俗物에 불과한 모양이다.

커피문화와는 달리 격조格調가 있는 다도茶道가 멋지기는 하지만 거리
감이 느껴진다. 나름대로의 깊은 맛이 있지만 커피에 익숙해진 내 속된
입맛에는 이따금씩 맛보는 경험에 만족할 뿐이다.

지난해 어느 날이었던가.

지기知己 우안 화백이 손수 만든 차를 시음試飮하는 자리가 마련되었
다. 차나무가 자라지 못하는 춘천이기에 관심이 집중되었다. 모임장소
인 식당에서 뜨거운 물과 적당한 그릇으로 차를 다리기 시작했다. 지금
까지 보아온 녹차와는 달리 그 품세가 아주 큰 찻잎이 우러나며 은은한
연록색의 차가 만들어 졌다. 이 고장에서 채취한 차라는 점에 흥미가 배
가倍加되었다. 비록 엽차 잔에 따른 차였지만 아름다운 색으로 태어난 차
를 음미한다. 격식格式에 얽매이지 않고 지기들과 더불어 마시는 차라 마

음이 편안했다. 분위기에 이끌려 몇 잔을 거푸 마셨다. 향기롭고 그윽했다. 사실 어쩌다 맛보던 전통 차는 늘 중후한 분위기에 도취되기는 했지만 솔직히 차 맛을 알 수가 없었다. 아니 몰랐다.

하지만 오늘은 색다른 마음으로 차를 마신다. 처음 한 잔은 궁금증과 목마름으로 맛을 음미했다기보다는 털어 넣었다. 두 번째 잔은 맛과 향을 느껴보려고 천천히 마신다. 궁금증이 표정에 묻어나는 일행을 둘러보며 그가 운을 띠운다.

"이 차는 생강나무 잎으로 만든 동백잎차입니다. 이미 동백꽃차는 소수의 고수 다인茶人들이 즐겨 마시고 거래도 되고 있습니다. 이 동백잎차 또한 아름아름 알려져 있으나 대중화 되지는 않았지요. 봄이면 화실주변에 지천至賤으로 피는 동백꽃이 지고나면 마치 붓 꼭지 같은 모습의 잎을 밀어내는데 그 잎으로 만든 차입니다. 그 여린 잎을 채취해 뜨거운 물에 살짝 데친 후 그늘에서 건조한 것입니다. 본래 찻잎은 덖는 방법에서 맛이 좌우되나 이 차는 덖지 않고 만들었습니다. 맛과 향 그리고 색갈이 고와 즐겨 마시고 있습니다."

그랬다. 처음대하는 차임에도 순수하고 깔끔한 맛이 느껴졌다. 사실 동백꽃나무는 수형樹形이 그리 탐탁한 편은 아니지만 쓰임새가 많은 나무였다. 꽃과 잎은 이렇게 차로 쓰이고, 열매로 기름을 짜 아녀자들의 머리치장과 등잔불을 밝히기도 했다. 그뿐만 아니라 잎으로 튀각을 만들어 먹는 생활과 밀접한 나무였다.

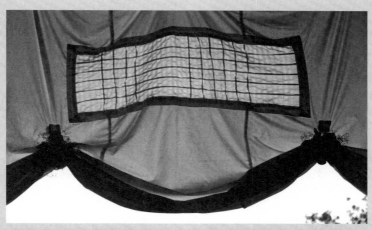

어느 봄날 아내와 용화산 등산길에 붓 꼭지 같은 동백 잎이 눈에 들어왔다. 욕심인지 호기심 때문인지 그냥 지나칠 수가 없었다. 투덜대는 아내를 잠시 쉬게 하고 동백 잎을 채취하였다. 아직은 좋은 차 맛을 얻기 위해 석간수石間水나 눈 녹은 물로 차를 다려본 경험은 없지만 마음만은 늘 다인茶人의 이상향理想鄕을 그리고 있었다.

아내가 외출한 고요한 한낮. 혼자서 찻물을 올렸다. 이번에 만든 차를 맛보고 싶었다. 찻물이 끓어오르는 소리가 적막을 깨우며 귀를 간질인다. 창밖에서 찬바람이 가끔씩 유리문을 흔들어 대고 있지만 개의치 않고 물 끓는 소리에 귀를 기울인다. 그늘에서 정성으로 말린 동백 잎을 다기에 넣고 우린다. 진하지 않은 향기가 은은하게 거실로 번진다. 차 맛을 즐기고 싶었지만 혀끝은 아직도 감미로움과 밋밋함의 사이에서 줄타기를 하고 있다. 지인들과 어울려 마실 때 다가오던 향기로운 그 세계에 도달 할 수 없었다.

다인도 아닌 내가 직접 채취해 만들고 달인 차를 마시며 분위기에 빠져든다. 아쉬움이 남지만 홀로 차를 따르며 한 잔의 명상瞑想에 잠겨본 시간이었다. 2012

업둥이

취미의 사다리를 타고 지붕으로 올라섰다.

동화 속처럼 썩은 동아줄이라도 늘어져 있다면 붙잡고 오르겠지만 아무 것도 없는 허공이다. 더 이상 오를 수 없다는 구실이 생겼다. 여기까지 올라온 그 간의 공력功力이 아까웠다. 우물쭈물하는 사이에 다시 내려서야 겠다는 핑계를 대기도 기회를 잃었다. 돈도 되지 않는 예술을 한답시고 꽤 오랜 시간을 사진과 함께했다. 오늘도 사진기를 들고 나서지만 깨진 독에 물붓기로 항아리는 늘 비어있다. 그렇게 올곧은 사진가의 길도 아니었는 데 몇 년에 한번 씩 슬럼프slump라는 늪에 빠지기도 했다. 머리를 쥐어뜯으며 사진기를 부셔버리고 싶던 순간도, 인화된 사진을 찢으며 좌절挫折하던 아픔도 세월의 힘에 어느 사이 치유治癒되곤 했다. 그때마다 마음을 추스르며 다시 사진기를 들었다.

예술이 돈이 되고 명예가 되는 세상임에도 나의 사진세계는 다리 잘린 풍뎅이 맴돌 듯 늘 제자리였다. 우월한 유전자로 태어나지 못했으며, 남 다르게 피나는 노력을 한 것도 아니었다. 또 남보다 투자를 더 한 것도 아니니 당연한 결과이긴 했다. 하지만 왠지 등 뒤가 허전해지는 느낌은 무엇이었던가. 알량한 자존심에 여러 줄이 중첩重疊된 나이테를 증명서처럼 내 보인다. 후진들 앞에서 허세虛勢를 떨기도 했다. 그건 어쩌면 비어있는 나 자신을 향한 부끄러운 몸짓이었으리라. 허술한 예술성은 언제나 바늘 끝에 매달린 물방울처럼 허망할 뿐이었다. 연륜이란 더께로 아집我執만 강해지고 창의력도 퇴색褪色해 가고 있다. 사위어가는 불길을 살리고자 개인전을 열었다. 어눌하긴 했지만 30년만의 첫 전시. 토박이의 감성으로 바라본 향리의 풍경을 주제로 전시장을 채웠다. 미진한 부분이 많았지만 멘토의 도움으로 전시회를 마무리 할 수 있었다. 전시회 한번으로 나의 사진세계가 정립되는 것이 아님에도 몇 날을 고민과 설렘으로 지새웠다.

귀퉁이가 닳아 세월의 흔적을 드러낸 사진기를 닦는다. 몇 년 전 산에서 구룬 후 삐꺽이는 애장품이다. 직장의 틀의 벗어나 홀가분한 마음으로 사진에 전념하려 했던 계획은 희망사항이었다. 예술은 시간이나 노력만으로 해결되는 과정이나 절차가 아님을 새삼 깨닫는다. 시간만 있으면 좋은 작품을 만들 수 있을 것이라고 생각하던 때가 있었다. 건방짐과 모자람을 일깨우듯 내 사진은 봄날의 벚꽃 잎처럼 작은 바람에도 날

리며 방황을 거듭했다. 사진기와 동행하는 시간을 늘려 셔터를 누르지만 허기와 갈증은 커져만 갔다. 사진은 필연적必然的으로 가시적可視的인 형태를 취하면서 보이지 않는 감성을 농축濃縮시켜야 한다. 여백과 이면의 감흥感興에 따라 질을 달리하기에 쉬운듯하면서도 다가설수록 벽의 두께를 실감한다. 이번 슬럼프는 예전의 수렁보다 깊은 늪이다. 다시 제자리로 오려면 꽤나 시간이 걸릴 것 같다.

이럴 때마다 찾는 곳이 있다. 삶이 버겁게 느껴지거나 울적할 때면 습관적으로 찾는 사유의 공간이다. 사람이 많지 않은 주중에는 정말이지 산속처럼 고요를 유지하는 박물관이다. 음악이 잔잔히 흐르고 약간 어두운 조명과 공간이 마음을 편하게 한다. 유리상자안의 유물을 무심히 바라본다. 석기시대의 유물인 돌멩이들. 구석기의 투박함과 신석기의 매끈함을 동시에 본다. 깨고 갈고 다듬던 그들의 숨결과 손길을 느껴본다. 조각난 파편을 붙여 완성한 빗살무늬 토기는 승려들의 누더기 가사袈裟처럼 정성어린 손길이 담겨있다. 그들과 마주하며 시침과 분침사이에서 쌓이고 소멸되던 잡다한 일상을 잠시 잊는다. 나의 사진 활동이 누구를 위한 예술이 아니었음을 깨닫는다. 스스로의 만족과 자아自我를 찾고자 시작한 몸짓이었을 뿐이다. 몇 만 년 전 석기인들이 사용하던 도구처럼 예술이란 자연스럽게 만들어지는 삶의 흔적이다. 투박한 돌을 깨고 갈아 돌도끼, 화살촉을 만들던 그들의 손길을 생각한다. 좋은 작품을 만들겠다는 욕심과 강박관념強迫觀念을 털어버리고 행위를 즐겨야 한다. 비워야 채워지는 술잔처럼 가슴을 먼저 비워야한다. 여기저기 뚫린 공간으로 술술 바람이 넘나드는 빗살무늬 토기 술잔 하나를 가슴 깊이 담는다. 내일쯤이면 다시 사진기를 들을 수 있을 것 같은 기분이 든다.

박물관 문을 나서는 발걸음이 한결 가볍다. 잿더미 속에 묻혀있던 작은 불씨가 꿈틀거린다. 내가 살아 있음을 느낀다. 혈관으로 피가 힘차게 흐르는 소리가 들린다. 이 소리가 멈추지 않는 한 결코 사진기를 버릴 수 없으리라.

어느 날부터 업둥이에서 분신分身이 된 사진이 그림자처럼 함께 하기를 소망한다. 2011

낯익은 듯, 정말 낯선 듯

30여년의 질긴 인연을 무 자르듯 단칼에 잘랐다.

삶에 대한 반항이었는지, 아니 남은 세월에 대한 또 다른 도전이었는지도 모른다. 외모지상주의의 세상이기에 위장僞裝된 젊음으로 살아왔다. 외형을 위해 가려움증도, 탈모脫毛증세도 감수甘受하며 보낸 중독기간이었다. 정말 한동안을 망설였다. 한 올에 백 원의 보상금을 요구하며 흰머리카락을 뽑아주던 조카 녀석의 머리에도 어느덧 서릿발이 비친다. 보름여만 지나면 머리카락의 경계가 남북의 휴전선처럼 그어지는 흑백의 분할分轄이 싫었다. 한번만, 한번만 더 하며 계속하던 염색. 반복적 습관과 핑계였다. 양귀비를 시작으로 비겐-A, 세븐에이트 등 수많은 염색약통을 비웠다. 검정에서 짙은 갈색으로 변화를 고수固守하던 그 긴 세월에 드디어 마침표를 찍는다. 1시간이상의 시간이 소요되던 초기와는 달리 요즘은 불과 10분이면 가능하나 귀차니즘 때문에 내린 결판(?)이다.

직장상사와 웃어른들 때문에 어쩔 수 없이 염색을 한다고 했지만 사실은 좀 더 젊고 싶었다. 겉 늙은이의 모습이 싫었다. 젊고 건강하게 살고 싶은 건 누구나의 바람이다. 하지만 머리를 염색하고, 검버섯을 없앤다고 근본적으로 달라질 수 있는 게 얼마나 될까. 아이들의 말처럼 호박에 줄 긋는 다고 수박이 되는 게 아닐 텐데……

유별나게 예민한 피부로 염색 때마다 돋아나던 뾰루지와 간지러움, 그리고 옷깃과 피부에 지워지지 않는 검은 반점斑點의 흔적에서 벗어나고 싶었다. 이미 눈가와 입가에 깊게 패여 가는 주름의 역사가 뚜렷한데 무엇이 두렵고 겁나랴.

느닷없는 염색약과의 절연선언絕緣宣言에 식구들이 먼저 반대표를 던졌다. 주변의 지인들마저 만류挽留했다. 마주치는 사람마다 질책叱責이다. 귀를 막고 인고忍苦한 세 달여가 지나 거울과 마주섰다. 낯선 사내가 보였다. 뒤를 돌아보니 아무도 없다. 당혹스럽다. 아직도 머리끝부분에 지난염색의 흔적이 남은 낯선 시선이 나를 바라보고 있다.

세월의 뒤안길에 몰아치던 바람도 자고 돋보기가 필요한 시절인데, 무엇을 감추려만 했던가? 숨기고 살아야할 이유가 없지 않은가. 주름 골이 깊은 노인들의 검은머리는 오히려 부자연스럽고 어색하다. 조금 흉하기는 하지만 홀가분하다. 세월 막을 장사壯士가 있겠는가. 자연의 섭리攝理에 맡겨 보리라. 염색약의 검은 가면을 벗고 다가온 하얀 솔직함이 낯설기만 하다. 이미 눈썹에도 초겨울의 무서리가 비치고 있는데…….

미술관에서 작품을 감상하는 어르신은 참 격조格調가 있어 보인다. 은발銀髮이 상징하는 여유와 관록貫祿을 겸비兼備했다면 말이다. 하지만 아직은 어정쩡한 나이이기에 스스로도 부담스러웠다. 며칠 전 슈퍼마켓에서 "할아버지, 좀 비켜주세요" 조금은 짜증이 담긴 중년여인의 목소리가 들려왔다. 앞쪽에서 머뭇거리는 나를 책망責望하는 소리였다. 깜짝 놀라

비켜준다. 눈을 흘기며 내 얼굴을 쳐다본 여인이 순간 "어머 죄송해요" 하며 얼른 자리를 비켜간다. 흰머리에 비해 할아버지라 부르기에는 아직 젊음이 느껴졌다는 이야기다. 그렇게 어정쩡하게 할아버지의 대열에 합류했다. 이제 한동안은 앞뒤가 다른 인격체人格體로 살아야 할지도 모른다.

하지만 생각지도 않았던 보너스bonus도 있었다. 그 동안 잘 어울리지 않던 색상의 옷을 무난하게 걸칠 수 있게 되었다. 그렇게 촌스럽기만 하던 파스텔pastel조색상의 옷이 조금은 어울리는 듯하다. 이제 은발의 당당한 모습을 나의 랜드 마크land mark로 만들어 나가야 한다.

고려의 성리학자 우탁禹倬선생이 백발이 되어 나이 듦을 한탄恨歎하면서 지은 탄로가歎老歌가 있다. 늙음 자체야 어쩌지 못하지만 백발쯤은

염색약으로 간단히 해결 할 수 있는 시대이다. 선생께서 오늘에 살아 계셨다면 염색약을 사용하였을까 궁금해지는 시간이다.

그의 시 한수를 읊으며 흐트러진 심사心思를 달래본다.
"젊음을 지나친 바람 문득 불고 간 곳없네
그 세월 잠깐 빌려다가 머리위에 붙이고
귀밑 흰머리 검게 하여 젊어 볼거나

한손에 막대 잡고 또 한 손에 가시 쥐고
늙는 길 가시로 막고 오는 백발 막대로 치려고 했더니
백발이 제 먼저 알고 지름길로 오더라.

늙지 않고 젊어보려 하였더니
청춘이 날 속이고 백발은 어쩌지 못하네
이따금 꽃밭을 지날 제면 죄지은 듯 하여라"
[우탁(1263-1342)]

2016

*

지난 가난과 고독은 아픔뿐이었다.
아무도 눈여겨보지 않던
생의 그 각진 모퉁이를 돌아서
먼지처럼 엉겨있는 막막함을 털어낸다.
어깨를 동그랗게 움츠린 채
홀로 웃고 울던 슬픈 시간의 흔적으로
내 삶의 뼈대를 세웠다.

숨차게 달리다보나 벌써 가을
아직 갈 길이 멀다.
생의 충전을 위해 천천히 걷는다.
사진기 하나 메고 나서는 이 길의 설렘은
여전하다.
어설픈 사진가의 선명하지 않은
자화상이 촉촉하다

돋보기가 있는 풍경

'이번엔 왼쪽 눈을 가리세요.'

사무적 말투가 거슬렸지만 주걱모양의 기구로 왼쪽 눈을 가린다. 그녀
가 금속봉으로 가리키는 숫자와 형태를 큰소리로 대답한다. 3, 7, 5, 8,
4, 나비……. 글씨와 모양이 자꾸 작은 쪽으로 달려간다. 처음에는 큰소
리로 대답하다 우물쭈물하면 지체 없이 금속봉은 다른 곳으로 향한다.
불과 2~3분 만에 측정이 끝난다. 그녀는 검진부에 숫자를 휘갈려 쓴다.
1.2, 1.0의 좋은 시력이란다. 청년기부터 시력검사에서 한번도 1.2 이하
로 떨어져 본적이 없었다.

어느 날 아침신문을 펼치는 순간 글씨가 흐릿하다. 눈을 비벼보았지만
글씨가 아른거려 읽을 수가 없다. 전날의 과음 탓이려니 하고 무심히 넘
겼는데 숙면을 한 다음날도 신문지면에서 아지랑이가 피어올랐다. 기사
를 읽을 수가 없었다. 어쩔 수 없이 안경점을 찾아 증상을 하소연했다.
간단한 시력검사와 실험도구 같은 측정기로 눈을 살피던 안경사는 '노안
老眼이신데요. 돋보기를 쓰시면 되요' 별것 아니라는 듯 한마디를 툭 던
진다. 세월이 만들어준 선물이라며 이제부터는 보고도 못 본체 해야 할
시기가 되었단다.

마음은 40대인데 노인의 필수품인 돋보기를 써야한다는 것이 자존심
이 상했다. 예전 코끝 안경너머로 올려다보시던 복덕방 할아버지의 모습
이 떠올랐다. 선뜻 결정을 못하고 주춤거리자 아래 부분은 돋보기고 상
단부분은 도수度數가 없다는 다초점 안경을 권한다. 귀가 솔깃했지만 생
각보다 값이 비싸 저렴한 돋보기를 선택한다.

보통 안경을 쓰면 학자 같다거나, 노숙老宿해 보인다고들 하던데 어째
부자연스럽기만 하다. 하지만 어쩌랴 나이를 따라온 몸의 변화에 맞춰
새로운 일상을 시작한다. 돋보기를 쓰고 신문을 펼친다. 와우! 마치 안개
가 걷힌 것 같은 맑음이요, 쾌청이다. 어린 시절 겨울햇살을 모아 종이를
태우며 신기해하던 그 화경火鏡처럼 깨알글씨들이 몸피를 부풀리며 다가
선다. 마치 목욕을 마치고 나온듯한 해맑은 모습으로 나를 반긴다.

밝아진 세상에 기분 좋았던 것도 잠깐이었다. 돋보기를 걸치고 한참동안 신문을 뒤적이다보니 어지럼증이 동반同伴한다. 조금만 초점거리를 벗어나면 글씨가 제대로 보이질 않는다. 답답함을 해소하기 위한 방법이니 어쩔 수 없이 감내堪耐하여야 했다. 저항한다고 자연의 섭리變理를 이길 수는 없다. 마음만 40대면 무엇하랴, 안경을 쓰니 코끝에 걸린 세월의 무게가 묵직하다. 노안은 더 이상 자신의 일에만 매달리지 말고 더 먼 곳을 보라는 가르침이라고 했다. 책을 읽는 것에서 벗어나 자신의 이야기를 써도 되는 시기라고도 했다.

열이라는 해넘이를 지날 때마다 나는 언제나 자세를 추스렸다. 지나간 인생과 다가올 미래를 생각하며 각오를 다지곤 했다. 10여 년 전 처음 돋보기를 맞추며 느끼던 단상도 이미 가물거린다. 책상, 차안, 외출복에는 물론 화장실까지 돋보기를 두고 있다. 안경 뒤 주름진 눈가엔 삶의 여정에서 묻어나는 외로움과 삭막함이 보인다. 어린 시절엔 화경 하나로도 세상의 신비를 보았는데 두 개의 화경을 걸치고도 본 모습을 제대로 볼 수 없는 세월을 살고 있다. 하기야 보고 듣지 말아야 할 것이 많은 세상이니 이쯤에서 마음의 문을 열어야 하리라.

현대의학으로 노안정도는 쉽게 치유治癒될 것 같은데 그들이 이 고통을 잘 몰라 방치하고 있는 것은 아닐까. 순간 문자가 도착했다고 휴대폰이 울린다. 돋보기를 벗어 놓았으니 또 눈을 찡그리고 문자를 확인해야 한다. 제발 맞춤법과 띄어쓰기라도 잘된 문자가 왔으면 좋겠다. 읽어도 해석이 불가한 편지가 아니기를 기대하면서 휴대폰을 연다. 2010

실버silver의 자존심

몸을 뒤척일 때마다 고통과 파스냄새로 잠을 제대로 이룰 수 없다.

과욕過慾은 금물禁物이라 했건만 하룻강아지 범 무서운 줄 모르고 처신한 대가로 며칠째 근신謹身중이다.

우연히 내 몸을 점검 할 수 있는 기회가 있었다. 허수아비처럼 두 팔을 벌리고 한참 기계에 몸을 맡긴다. 찌익~ 찌익 소리를 내던 기계가 종이한 장을 밀어낸다. 체성분검사(inbody) 장비였다. 몸무게를 비롯해 생소한용어로 나열된 수많은 항목에 수치數値와 막대그래프가 보였다.

청년기보다 키가 1cm 줄었지만 몸무게는 오히려 2kg이 늘어났다. 분석용지를 살피던 트레이너가 복부지방과 내장지방이 정상범위를 벗어났다고 알려준다. 그뿐만 아니라 근력筋力도 부족하고 좌우 근육의 불균형이 심하단다. 좌우근육이야 오른손·발을 주로 사용하니 차이가 나는건 당연하다. 그런데 허리 32인치의 준수(?)한 몸매를 유지하고 있는 내가 복부비만이라니. 서너 근은 족히 될 만한 누런 지방덩어리 모형을 보여주며 이만한 기름덩어리를 품고 있단다. 마른 비만형이 살찐 사람보다더 위험할 수 있다며 엄포를 놓는다. 정신이 번쩍 든다. 그 동안 일주일에 두 번 이상은 걷기와 사진촬영을 위해 그런대로 건강을 지켜왔다고 자부自負했는데…….

바로 운동을 시작하겠다고 3개월분의 헬스장 회비를 지불했다.

특별히 아픈 곳은 없지만 분명 몸의 리듬은 예전과 달라졌다. 저녁 9시 뉴스를 보다보면 벌써 눈이 감기고 새벽이면 깨우지 않아도 눈이 떠진다. 몸은 피곤하니 조금 더 자자고 하는데 정신은 점점 맑아지며 잡생각들로 다시 잠들 수가 없다. 야속하지만 이건 분명 노인성 질환이다. 나와는 달리 저녁잠은 없고 아침잠이 많은 올빼미 형 아내는 아직 한밤중이다. 20년을 변함없이 재깍거리는 벽시계는 다섯 점 부근에서 초침을 채근採根하고 있다. 창밖에는 교회의 붉은 십자가 네온이 검은 허공을 헤집고, 보안등이 외롭게 골목길을 밝히고 있다.

젊을 때부터 마른 체질이라 늘 적당히 살쪄 후덕해 보이는 몸매를 부러워했다. 어느 날부터 얼짱, 몸짱이라며 마른 몸매가 우대받는 시대가 되었다. 나도 모르게 모두가 부러워하는 몸매를 가진 사람이 되어 있었다. 하지만 가슴근육을 뜻하는 소위 갑빠(?)도 없고 복근은 고사하고 빨래판 같은 갈비뼈가 드러나 늘 불만이었다. 시대가 변해 부러움을 받는 체형이 되었으니 격세지감隔世之感이 든다.

찬물로 세수를 하고 거울 앞에 섰다. 아직도 마음은 훨훨 날 것만 같은데……. 마주한 사내의 민낯은 낯설기만 하다. 염색으로 위장한 검은 머리와 눈가의 주름 골이 깊다. 덕지덕지 애증愛憎과 연민憐憫이 풀풀 묻어난다. 십년 주기로 다가오던 변화를 이제는 해가 바뀔 때마다 느껴짐이 야속하기만 하다.

　보고도 못 본 척, 듣고도 못 들은 척 해야 할 나이임에도 작은 일에 민감해지고 잔소리꾼이 되어 곤혹스럽다. 나이 듦이란 이런 것인가. 경험과 연륜이라는 미사여구美辭麗句는 이미 약발이 떨어진 단어이다. 그래도 아직은 젊다는 착각으로 친구들과 만남을 이어간다. 하긴 대화로만 보면 아직도 젊은이들이다. 뼈 없는 욕설이 난무亂舞하고 기억조차 나지 않는 무용담이 녹음기처럼 반복된다. 친구라는 위장막 속에서 모두 한통속이 되어 낄낄거리는 시간이 즐겁기만 하다. 성긴 머리카락을 쓸어 올리면서 영양가 없는 정치나 사회문제를 늘어놓던 친구도 결론은 건강이다. 언제나 그렇듯 늘 쓸쓸한 뒷모습을 남기며 모임은 막을 내리곤 했다.

　한참 창밖풍경에 매달려 있다가 주섬주섬 운동채비를 한다. 집에서 불과 5분 거리의 헬스장은 이른 시간 임에도 벌써 운동을 하고 있는 분들이 있다. 그 열정과 극성이 부럽다. 항상 빠르고 경쾌한 음악이 흐르는 헬스장은 건강한 땀 냄새가 배어있다. 러닝머신running machine에서 한 젊은이가 쉬지 않고 달리고 있다. 여기서 운동을 하다보면 자신도 모르게 운동량이 많아진다. 10여 가지의 운동기구를 돌다보면 시간이 어떻게 흘렀는지 모른다. 밥맛이 좋아지고 깊은 잠을 잘 수 있다. 또 땀을 흠뻑 흘리고 샤워를 마친 뒤의 상쾌함은 어디에 비할 수 없었다.

　머리가 은발로 점잖아 보이는 분 옆에서 나란히 러닝머신을 시작했다.

나보다 대여섯 살 정도는 족히 위로 보이는 분인데 발걸음이 가볍고 경쾌하다. 곁눈질로 보니 속도계의 숫자가 나보다 한참이나 높다. 승부욕이 발동해 나도 모르게 속도 상승 버튼을 누른다. 한 10여분이 지나자 숨도 차고 땀이 비 오듯 흐르며 발목에 통증까지 느껴진다. 자존심이 상했지만 아직도 한 시간은 더 달릴 것 같은 그 분의 기세氣勢에 눌려 슬그머니 TV화면을 조정하는 척하며 내려선다.

벽면에 근육질 몸매를 드러낸 사진 속 보디빌더의 시선을 피하며 숨고르기를 한다, 마치 실타래를 꼬아 놓은 것 같은 저런 근육을 만들기 위해 얼마나 많은 땀을 흘렸을까? 부러움보다는 무섭다는 생각이 든다. 이번에는 의자에 누어 역기力器를 드는 벤치 프레스Bench Press로 근육운동을 시작한다. 처음에 10kg도 겨우 들었는데 꾸준한 운동 덕에 이제는 15kg까지 거뜬히 들게 되었다. 근육형 체질이 아니어서 근육이 만들어 지지 않았지만 근육의 볼륨감을 느낄 수 있었다. 무거운 기구를 들고나면 가슴이 뻐근해지며 근육이 부풀어 오르는 듯한 느낌이 든다. 색다른 중독성이다.

러닝머신을 마친 은발의 노인이 바로 옆에서 같은 운동을 시작한다. 조금 전 내가 안간힘을 쓰며 들었던 무게의 두 배를 가볍게 드는 게 아닌가. 아니 저 늙은이가, 또 승부욕이 꿈틀거렸다. 5kg짜리 원판을 하나 더 올려 20kg로 하고 역기를 올린다. 팔이 부들부들 떨린다. 벅차다는 몸의 신호를 무시하고 오기傲氣로 몇 개를 들었다. 그 5kg의 무게가 이렇게 가슴이 찢기는 듯한 통증으로 다가올 줄이야. 작은 기침에도 가슴이 울리고 젓가락질도 제대로 할 수가 없었다. 미련하다고 할까봐 아내에게 말도 못하고 고통을 인내하고 있다. 그 알량한 자존심 때문에 건강하고자 시작한 운동이 오히려 몸을 해치는 결과를 낳고 말았다.

"나이가 드실수록 근력이 필요합니다. 운동욕심은 오히려 해가 될 수 있으니 즐거운 마음으로 꾸준하게 하세요. 이제는 근육을 만드시는 게 아니라 지금의 상태를 유지하시는 것이 최상임을 잊지 마세요."

이제야 운동을 시작한 첫날 귓전으로 흘러 들었던 트레이너의 당부가 자꾸 귓전에서 메아리친다. 벌써 사흘 째 파스잔치를 벌리고 있다. 2010

*
살아간다는 것은
숲속을 지나가는 일이다

하루에도 계절이 뒤엉키는
그 길에서
꿈을 꾸고
아카시아 이파리를
하나씩 떼어내듯
꿈을 지우는 일이다

내 발 끝에 밟혔던
풀들이 서서히 고개를 들고
무심히
내 뒷모습을 바라보는 일이다

망초

"불쌍한 놈. 어린것이 무슨 죄가 있겠수, 다 지 팔자소관이지."

소년기부터 친척집에 얹혀 천덕꾸러기로 살아가는 내 삶을 빗대어 수군거리던 소리였다. "잡초 같은 놈" 어린가슴을 못질하던 애증愛憎의 표현이었다.

시간이 흐르면 해결될 것 같던 삶은 그리 호락호락하지 않았다. 오매불망 기다리던 청장년기도 뚜렷하게 이룬 것도 없이 흘러갔다. 가족애나 부모의 사랑조차 모른 채 자라는 내게 연민의 눈길을 주던 곁붙이들마저 한두 분씩 떠나가는 세월, 쓸데없이 무성해진 심경心境의 잡풀들을 조금씩 걷어내 본다. 벌써 이순耳順의 문턱이다.

그리 넓지 않은 텃밭, 칠월의 내리쬐는 햇볕을 피하고자 색 바랜 밀짚모자 눌러쓰고 잡초를 뽑는다. 정성으로 파종播種한 씨앗보다 더 억세게 뿌리를 내리는 잡풀들의 극성에 혀를 내두른다. 바랭이, 애기똥풀, 쇠비름, 개망초, 환삼 종류를 헤아리기 어려울 정도이다. 보잘것없어 보이는 그들에게도 각기 이름이 존재한다는 게 새삼스럽다. 저마다 약초, 사료, 식용 등의 용도로 쓰임새가 있고 나름 꽃을 피운다. 주어진 환경에 적응適應하며 번식을 도모圖謀한다. 스스로 괄시恝視를 의식한 탓일까? 뛰어난 번식력으로 생명을 이어가는 잡초에게 서늘한 경외심敬畏心을 느낀다.

잡초란 어느 특정한 식물을 가리키는 것이 아니었다. 농부가 원하지 않는 곳에 자라나는 풀의 통칭이었다. 냉이나 씀바귀 같은 것들은 분명 나물임에도 불구하고 내가 원하지 않으면 잡초일 뿐이다. 결국 특별한 가치나 보호를 받지 못하면 쓰잘 데 없는 잡풀이 되고 마는 것이었다.

오래전부터 불쑥 내 이름을 가로막고 행세하는 놈이 있다. 바로 야초野草라는 호칭이다. 어감만 다를 뿐 사실은 "잡초"라는 뜻이다. 나는 변함없는 모습으로 있는데 한자어로 분장하여 또 하나의 교양(?)있는 아호雅號가 되었다. 지금도 "잡초 같은 놈"이라고 대놓고 부르고 싶은 사람이 있을지 모른다. 다만 머리에 하얀 무서리가 얹힌 세월로 스스로의 체면들 때문에 점잖게 한자어로 대신할 뿐이다.

겨울의 시련을 이겨내고 봄날 마구 돋아나는 잡초의 눈부신 생명력을 떠올린다. 과연 내가 잡초로 연상될 만큼 강인함과 끈질김이 있었던 것일까. 아니면 순탄하지 못했던 인생 삶을 우회적으로 표현한 것에 불과한 호칭일까. 그저 주어진 환경에 거스르지 못하고 달려왔을 뿐인데……

잡초는 가장 낮은 자를 말하지만 어려운 환경에서도 꿋꿋이 견디는 민초民草들의 이름이기도하다. 안락과 행복의 대열에서 밀려나 있던 그 시절이 나를 성장시킨 토양土壤이었다. 아직도 앙금으로 남아 조금의 자극에도 반응하는 상처이다. 잡초雜草로 불리면 어떻고 야초野草로 불리면 어떠랴, 또 잡풀이나 들풀이면 무슨 상관이랴. 이제는 가슴에 박히는 애증愛憎의 비아냥거림이 아닌데……

뜬금없이 옛 시절의 아픔이 떠올라 신경질적으로 잡초를 뽑아 던진다. 비 한 차례 지나가면 또 죽순처럼 올라올 줄 알면서도 억척스럽게 뿌리 내린 잡초를 뽑는다. 지난주 뽑아낸 마른잡초 더미 위에 풋풋한 풀 향기와 흙냄새를 함께 얹는다.

잡초가 쌓인다. 불현듯 버려진 잡초더미에서 나를 만난다. 잡초가 잡초를 뽑다니, 심보가 뒤엉킨 나를 뽑아 던진다. 며칠사이에 불쑥 키 자라 하얀 꽃을 피운 망초대도 뽑아 던진다.

"망할 놈의 잡초 같으니……."

그 옛날 아무리 뽑아도 끈질기게 솟아나는 잡초를 향해 원망스럽게 푸념하던 인연으로 저 풀이름이 망초가 되었다지. 2008

나이 값

또 하나 동그라미를 그린다.

해마다 겨우 한 줄씩만 보탰는데 겹겹으로 쌓인 나이테와 마주한다. 숫자가 꽤나 많은데도 전혀 포만감飽滿感이 느껴지지 않는다. 불과 얼마 전 육십갑자六十甲子를 지나친 것 같은데 또 한해가 저물고 있다. 돌아보니 아득하다. 언제 이 많은 날들이 지나쳤는지 모르겠다. 열심이라는 신념 하나로 달리다보니 싱그러운 날들이 쏜살같이 지나치고 말았다. 언제나 기다리는 것이 시간인줄 알았는데 아니었다. 세월은 기다림이 아니 돌아봄이었고 회상回想이었다.

지난 봄 화사한 봄꽃이 다투어 피었음에도 몸이 근질근질해지지 않았다는 사실을 떠올린다. 나이를 먹는다는 건 어쩔 수 없이 변화를 수용受容하는 것이라는 걸 실감한다. 돋보기를 허리춤에 차고 다녀야 마음이 놓이는 세월이다. 도원명의 귀거래사歸去來辭가 생각난다. 그렇게 살면 좋겠지만 마음대로 되지 않는 환경에 불만을 토해봐야 무슨 의미가 있겠는가. 은퇴 후 이렇게 고향을 지키며 살아가는 것도 행복이라 자위自慰해본다. 비록 은자隱者의 생활은 아니지만 그런 마음으로 살아가야 한다. 조선시대에도 나이 일흔이 되면 벼슬을 사양辭讓하고 스스로 물러나는 것이 관례慣例였다. 치사致仕라 했다. 임금께서 지팡이와 의자를 선물하고 잔치를 베풀었다. 정년停年이 없던 시기의 명예퇴직 같은 것이리라. 그 당시에는 일흔 이상을 산다는 것은 천수天壽를 누리는 것이었다. 그 시기를 넘어서고 있다. 모든 것을 내려놓아야할 즈음이다. 하지만 시대가 변해 떠들썩하게 치르던 회갑잔치도 사라진지 이미 오래다. 환갑 나이는 젊은이에 불과하다. 예전엔 연세年歲가 어떻게 되셨냐며 물었지만 지금은 몇 학년 몇 반이냐며 우회적迂廻的으로 나이를 묻는다. 외모로 나이를 가늠할 수 없는 시대이다. 염색으로 새치 한 올 없는 흑발과 단단한 과자를 우적우적 씹는 임플란트implant 노인들이 넘쳐난다. 아니 이제는 백발로도 경로석에 앉기를 꺼려하는 젊은이 같은 노인들이 늘어나고 있다.

앞만 보고 달려온 길에서 문득 돌아본 자신의 모습이 낯설어 질 때 당혹스럽다. 중후重厚한 멋과 여유로움을 즐기는 꽃할배[romance grey]가 되고 싶었다. 하지만 한 줄도 따라 부를 수 없는 대중가요가 낯설고, 줄임말을 일상어로 쓰는 아이들과 대화조차 어렵다. 아직은 괜찮다고 생각하면서도 나이의 무게에 스스로 눌리곤 한다. 분명 거울이 일그러진 것은 아닌데 거울 속엔 왜소矮小하고 자글자글한 주름을 가진 한 사람이 서있을 뿐이다.

춘천의 동쪽 대룡산에서 솟아오르는 아침 해도 싱그럽지만, 의암호를 물들이는 석양도 아름답지 않은가. 청춘이야 당연하지만 흰머리와 연륜年輪이 쌓인 주름도 아름다워야 한다. 이렇게 한 해가 저물 즈음이면 사

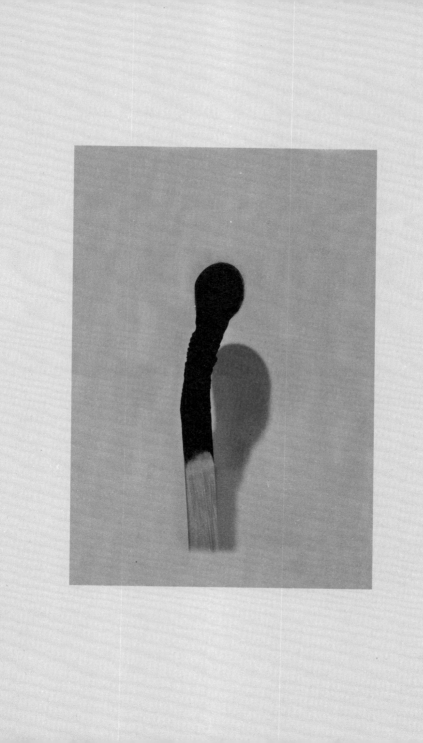

는 게 뭐 별거겠나 하면서도 회한悔恨이 든다. 스스로 박수를 치던 시간도 있었지만 신중하지 못했던 판단으로 때 늦은 후회를 하기도 했다. 남자라는 이유로 소리 내어 울지 못하고 삼킨 애환哀歡들이 훗날 단단하고 영롱한 사리舍利가 되기를 바랄뿐이다.

한두 달에 한 번씩 부랄 친구들과 모임을 갖는다. 여전히 동안童顔인 친구도 있고, 반말을 쓰기 미안할 정도로 외모가 달라진 친구도 있다. 또래임에도 외모는 제각각이다. 얼굴만 마주하면 육두문자肉頭文字를 달고 술잔을 비우는 친구는 아직도 사십대의 세월 속에 살고 있다. 약봉지를 끼니마다 뜯는 녀석도 큰소리를 쳐보지만 서로 늙어가고 있음을 부정否定할 수는 없었다.

연륜의 성숙한 미학美學이 요구되는 시기. 저물어 가는 한해를 보내며 가슴속에 욕심을 하나 더 비우자. 나이는 먹는 것이 아니라 익어가는 것이니 슬기롭게 세상을 바라보라고 했다. 눈이 침침해 지는 것도 필요한 것만 보라는 것이다. 귀가 어두워지는 것도 필요한 말만 들으라는 것이라고 했다. 또 이가 부실해 지는 것은 연한 음식을 취해 소화불량을 막게하려는 뜻이며, 걸음걸이가 부자연스러운 것은 매사에 조심하고 멀리 나가지 말라는 뜻이다. 머리가 하얗게 되는 것은 멀리 있어도 나이든 사람인 것을 알게 하기 위한 것이고, 기억력이 떨어지는 것은 살아온 세월을 다 기억하지 말고 현재에 만족하라는 조물주의 배려配慮라고 한다. 한마디 한마디가 정답이다.

얼굴에 검은 반점이 늘어나고 하얀 머리와 깊어가는 주름살은 세월의 때다. 부자연스럽고 보기 싫지만 삶의 전쟁에서 견디어낸 훈장勳章이라고 자위自慰해본다. 오래되어 트고 갈라진 목조건축물에서 연륜의 아름다움을 만난다. 그 세월을 견디어온 우리의 얼굴에도 아름다움이 깃들어 있지 않을까.

밝은 햇살을 향해 씩씩하게 외출하려는 내게 썬 크림을 바르라는 아내의 잔소리가 정겹게 들리는 오늘이다. 2010

하얀 낙조 落照

거울을 대할 때마다 눈가의 주름 골이 깊어 감을 스스로 느낀다.

아침면도를 위해 마주하는 시간이외에는 거울을 보는 일이 줄어가고 있다. 이것 하나만으로도 나이가 들었음을 알 수 있는 현상이다. 여자는 30대 중반을 넘으면 거울보기가 싫어진다는데 남자의 그 시기는 언제쯤일까? 나이에 걸 맞는 외모와 품위를 갖는 것이 가장 자연스럽고 아름답다고 한다. 나이보다 젊어 보인다는 상투적常套的인 말에 마음이 부풀어지는 속물俗物이 되어가고 있다.

강산이 변한다는 세월의 허물을 다섯 번째 벗으며 의식적으로 거울 앞에 섰다. 별로 맘에 들지 않았지만 분명 나의 모습이다. 한 뼘의 여유도 없는 건조한 화면에서 이내 고개를 돌린다. 어디선가 찬바람 한줄기가 가슴을 파고 든다. 눈가의 밭이랑 같은 주름사이로 고단함과 외로움이 담겨있다. 저 모습이 과연 내 나이와 사회적 체면에 걸 맞는 모습일까. 자신이 없다. 거울에서 등을 돌리자 거울 속에 그도 부리나케 등을 돌린다.

20여 년 전 초등학생인 조카들에게 보상금을 걸고 새치를 뽑았다. 손바닥에 수북이 쌓이던 하얀 머리카락들, 백 원짜리 동전 몇 개면 나는 다시 청년으로 태어나곤 했다. 시도 때도 없이 솟아나던 젊은 날의 욕망처럼 뽑고 뽑아도 새치는 끈질기게 영역을 넓혀 나갔다. 한 올씩 솟아오르는 흰 실타래의 끝은 어디일까. 불현 듯 세월을 되돌아 달려가고 싶은 마음으로 거울 앞에 머리를 조아린다. 새롭게 자란부분과 보름 전 위장했던 경계가 처연凄然한 모습으로 드러난다. 흰머리가 나오는 건 자연스런 변화이지만 자랑스러움은 아니기에 염색약과의 인연을 감내堪耐한다. 한 달에 두 번 정기적으로 의식을 치른다. 나이에 비해 일찍 찾아온 노화 현상이 낯설어 오늘도 염색약을 준비한다. 펼쳐진 신문에는 아주 지체 높은 분들의 사진과 이름이 보였지만 모른 체하고 걸터앉는다. 한 달에 한 번씩 마술에 걸리는 여자들의 행사가 얼마나 번거러울지 이해가 된다.

이미 오래전에 유명幽明을 달리하신 고모부는 40대부터 백발이셨다. 백두白頭라는 별명이 함자銜字보다 더 알려진 분이었다. 특징을 나타내는 것이 별호이기는 하지만 당신과 가족들은 질색을 하셨다. 흑발에 대한 선망으로 몇 번 염색을 시도했지만 심한 부작용으로 큰 고통을 겪으셨다. 어쩔 수 없이 백발로 평생을 사신 분이었다. 그래도 당신께서는 중절모가 잘 어울려 외출 시에는 멋지게 위장과 치장을 하셨다.

일요일 모처럼 낮잠을 즐기고 일어나 느긋이 소파에 기댄다. TV를 보던 아내가 내 다리를 베개 삼아 눕는다. 화장도 하지 않은 아내의 맨얼굴이 부석하다. 파마 끼가 풀려가는 머리숱 사이로 흰머리가 눈에 띈다. 깜짝 놀라는 시늉을 하며 호들갑을 떨자 잘되었다는 듯 새치나 뽑으라며

머리를 맡긴다. 숱은 많지 않지만 유난히 까맣고 윤기가 흐르던 머리였
는데…….

하나, 둘, 셋……, 몇 개뿐일 줄 알았는데 여기저기 숨어있던 새치가 자
꾸 눈에 띤다. 하나씩 뽑혀 나온 머리카락에서 가슴시린 세월의 냄새가
묻어난다. 새치라는 이름의 고단함이 수북이 쌓인다. 머리카락 끝에 아
내가 참고 인내忍耐 했던 삶의 아픔도 매달려 나온다. 나의 노력으로 아
내가 젊음을 되돌릴 수 있다면 이 시간이 영원히 지속되어도 좋겠다는
생각이 들었다.

꽃샘바람이 쉬지 않고 창문을 흔들고 있다. 주변의 가까운 어른들이
한두 분씩 이별을 고하고 있다. 귀찮고 성가신 작업이지만 10여년 후면
자연스럽게 중지하게 되리라. 그 세월이 다가오고 있다. 염색약의 굴레
에서 벗어나 백발을 자연스럽게 흩날리며 해방의 즐거움을 만끽하리라.

창밖으로 어둠이 조심스럽게 내려앉는다. 어슴한 도로를 달리던 자동
차가 불을 밝히는 시간. 오늘은 오래간만에 아내와 단둘이 교외郊外의 분
위기 있는 곳에서 외식이라도 해야겠다. 2000

*
거울 앞에 서서
나를 바라보는 시선을 읽는다

선택된 것도
버려진 것도 아닌
그저 혈관의 끄트머리에
그렇게 매달려
내일의 시간을 기다리고 있을 뿐이다

끝내 해독되지 않을 생의 바람벽에 기대어
조금씩, 아주 조금씩
몸을 허무는 오늘
그리고 내일

병상일기

자동차가 앞으로 달려드는 악몽惡夢에 놀라 깨어난 이른 새벽,

가끔 바람소리를 내며 지나치는 차량소리 이외에는 조용함뿐인 시간. 여섯 개의 침대가 나열된 병실은 문틈으로 들어오는 작은 불빛에 윤곽이 드러난다. 침대머리마다 둥둥 떠 있는 링거Ringer 주사액과 하나씩 늘어진 링거 줄이 낯설다. 6초에 한 방울씩 떨어지게 조절된 링거주사액이 쉬지 않고 혈관으로 스며들고 있다. 낮은 보조침대에서 웅크리고 잠든 아내의 고단한 얼굴이 희미하다. 여기저기 토해내는 신음소리와 낮은 코골음이 이어지는 여기는 401호. 삐걱이는 철 침대를 살며시 빠져나와 넓은 창이 있는 복도로 향한다. 창밖은 아직도 텅 빈 도로를 지키는 가로등 불빛뿐 하늘은 아직도 한밤중이다. 졸음을 참느라 황색 눈을 계속 껌벅이는 신호등이 안쓰럽다. 붉은 십자가와 온천표시의 네온이 여기저기 보이는 헛헛한 풍경을 바라본다. 어깨를 타고 흐르는 팔 저림과 뻣뻣한 목을 주무르며 아침을 기다린다.

업무로 청주에 다녀오다 경기도 양수리에서 교통사고를 당했다. 중앙선을 넘어 덤벼 든 8톤 트럭과 충돌했다. 핏물이 얼굴을 타고 흐르며 가슴을 적시고 있었지만 아무런 고통도 느낄 수 없었다. 죽음이라는 단어

가 떠올랐다. 몰려드는 사람들의 아우성과 엠블런스 사이렌 소리가 어렴풋하게 들려왔다. 내 생의 마지막 장면이 될지도 모르는 순간의 풍경을 멍하니 바라보고 있어야 했다. 구겨진 차량을 절단하는 모습을 꿈결처럼 바라볼 뿐이었다. 문짝이 뜯기고 구조대원의 손이 내 몸에 닿는 순간 온몸이 찢기는 고통에 비명을 질렀다. 구급차에 실려 가며 지금의 상황이 꿈이기를 기도했다. 몸을 움직여 보려고 했지만 허리와 목을 전혀 가눌 수가 없다. 그리곤 정신을 잃었는지 눈을 떠보니 병원이었다. 아, 죽지는 않았구나. 겨우 정신을 추스르는데 경찰관이 다가와 인적사항을 물어왔다. 가족은, 하고 질문을 받는 순간 혼자가 아니었음을 생각했다. 죽음의 문턱에서 아내와 아이들이 떠오르지 않았다는 그 사실이 아직도 나 자신에 대한 강한배신감을 느끼게 한다.

벌써 한 달여의 병원생활

진통제로 통증을 잠재우며 가끔은 불면不眠의 시간을 보내고 있다. 마주하는 모든 것들에 대한 소중함, 살아있다는 자체가 행복이라는 걸 절절이 느끼고 있다. 생사의 갈

림길에서 돌아와 바라본 세상은 아름다움이었다. 문병객들에게 일일이 교통사고의 끔찍함을 상기想起시키며 조심운전에 대한 당부도 잊지 않는

다. 살아있음에 감사하고 있지만 병세가 호전好轉되는 속도는 더디기만
하다. 사고 후 3주일이 지나면서 상처가 조금씩 아물기 시작했다, 아직
부기가 남아있지만 목욕과 면도를 하고나면 한결 말쑥한 모습이 되었다.
이왕 누운 김에 푹 쉬어가라는 위로의 말에 진심이 느껴진다. 멀쩡한걸
보니 나이롱환자 아니냐며 농담 삼아 던지는 한마디에 움찔한다, 사실
팔다리를 다치지 않아 목에 걸친 보호대와 링거 그리고 환자복만 벗으
면 멀쩡해 보였다. 동료들에게 미안했다. 좀 더 환자 같은 모습이 필요한
것 같아 일주일에 한 번씩 면도를 하기로 작정했다. 가족들은 질색했지
만 더부룩하게 환자다운 모습을 갖추니 마음이 한결 편했다. 상대를 속
이기 위한 위장이 아니라 마음의 부담감을 덜기위한 방법이었다. 현실에
맞는 외형을 갖추고 산다는 것이 얼마나 편안한 것인지를 절실하게 느낀
다. 자신의 분수도 모르고 허울 좋은 치장治粧으로 살아가는 사람들이 얼
마나 많은가. 수염이 자라 덥수룩해지는 만큼 마음이 편해졌다. 문병객
들이 겉모습을 보고 걱정스러워 할 때마다 환자스럽게 분장扮裝한 것이
라고 해명과 변명을 늘어놓는다.

동편하늘이 서서히 밝아지며 봉의산과 도시의 윤곽이 조금씩 드러낸
다. 얼마나 더 병상을 지켜야 할지 모르지만 이렇게 아침을 맞을 수 있다
는 것에 감사한다. 건너편 아파트 창에 하나둘 불빛이 보이기 시작한다.
간병看病으로 새우잠을 자는 아내의 걱정을 덜어주기 위해서 돌아가 잘
자고 일어난 듯한 모습을 보여야 한다.

    연일 계속되는 주사에 숨어버린 혈관을 찾기 위해 찔러대는 주사바늘과의 술래잡기가 공포다. 게다가 한 번에 한주먹씩 털어 넣어야 하는 알약의 공세攻勢도 두렵다. 하루라도 빨리 포승줄 같은 링거 줄에서 벗어나 환하게 웃으며 병원 문을 나서고 싶다. 일상의 하늘을 훌훌 날아보고 싶다. 아니 그저 두 팔을 휘저으며 대로大路를 활보하고 싶다. 살아있음을 새삼 느끼고 싶은 것이다.

    별것 아닌 줄 알았던 일상으로 빨리 돌아가 감사한 마음으로 살아가리라.

1999

봄바람

그대.
낮술에 흔들려 본적이 있는가
불콰해진 얼굴
태양이 너무 밝아 눈을 감으면
발걸음이 흔들렸지

떠오르지도 않는 첫사랑을 각색하며
흥얼거리는 콧노래 끝에 떠오른 그리움 하나
오늘 술맛이 왜 좋았는지
혼자만의 추억에 빙긋거린다

호수너머에서 달려온 초록바람
낯설지 않은 체취로
가슴을 풀어 헤치게 하는 한낮의 흔들림
봄날, 스스로 몸을 허문다

4
—
네
모
의
산
책

—

서당 개, 달보고 짖다

천년 묵은 굴비 한 두름, 돌다리

　햇살 좋은 봄날,

　연초록 새순으로 치장한 산하의 싱그러운 풍경을 가슴으로 읽는다. 봄 바람을 안고 떠난 문학기행, 아이들처럼 들뜬 문우들의 발걸음이 가볍다. 우리나라에서 가장 오래되었다는 돌다리 진천 농다리를 찾았다. 고운 연두색으로 치장한 버드나무가 여인의 치맛자락처럼 흩날리며 봄나들이를 유혹한다.

　봄은 어디서오고 이 물줄기는 어디서부터 시작된 것일까. 농다리 둘레 길이 '한국의 아름다운 길 100선'에 선정된 곳이라는 선입감 때문이었을까. 아름답다. 영화와 드라마 속에서 만났던 잔상 때문이었는지 첫 대면 對面임에도 전혀 낯설지 않았다.

　고속버스를 타고 이곳을 지날 때마다 농다리 간판이 보였다. 차창으로 스치며 보이던 돌다리였다. 오래전 이곳을 지나치며 '도대체 다리가 얼마나 길기에 롱long다리라고 하는 거야' 라는 농담에 동행들이 '자네 같은 숏short 다리와는 비교가 안 되지'라며 웃어대던 기억도 떠올랐다. 꼭 한번 마주하며 건너보고 싶었던 다리였다.

문우文友들이 우르르 주차장 앞의 기념관으로 향했지만 나는 돌다리
쪽으로 달려갔다. 빨리 보고 싶었다. 순수의 마음으로 첫 대면을 갖는다.
생각보다 세금천洗錦川의 강폭이 꽤나 너르다. 직선에 익숙해 있던 내게
구불구불 굽어진 돌다리에 감탄사가 절로 나온다. 정말 한국적인 모습이
다. 다리의 곡선은 산하山河와 어우러지는 한편의 교향곡이었다. 지네 같
기도 하지만 마치 굴비 한 두름을 엮어 놓은 모습이다. 산이 많고 개울이
많은 강원도태생이기에 징검다리뿐만 아니라 섶다리, 외나무다리도 건
너보았지만 이런 돌다리는 처음이다. 특별한 설렘에 뛰어서 건너가고 싶
은 충동을 누르고 천천히 그 자태를 감상한다.

　겨우 1.2m의 정도의 높이지만 길이는 무려 100m에 달하는 돌다리다.
무려 천년세월의 물살을 다릿발사이로 흘러 보내고 때론 넘치게 하며 견
디어 왔다니 놀라울 뿐이다. 감탄사가 나올 수밖에 없었다. 징검다리처
럼 큼직한 돌 하나씩을 교각橋脚으로 사용한 것이 아니었다. 크기도 제
각각인 다듬지 않은 자연석을 쌓고 상단에 너른 판석하나씩을 무심하게
올려놓았다. 우리 전통석축 쌓기의 특징인 그랭이질도 하지 않은 투박한
촌부村夫의 모습이다. 시멘트나 석회 등을 사용하지 않아 허술한 듯 했지
만 천년을 버티어 온 다리이다. 이 돌다리를 품고 있는 강을 세금천(비단
을 씻는 강)이라고 표현한 것이 아이러니irony 하다. 개울의 징검다리도 장
마가 쓸고 나면 한 두개씩 이가 빠지듯 흔들거렸는데 천년의 물살을 버
틴 다리였다. 매끈함을 버린 울퉁불퉁한 개성이 더 자신감 있고 아름답
게 다가온다. 돌을 다듬어 축조築造했을 만도 한데 상판으로 사용한 28개
자연석 판석의 모양도 크기도 제 각각 개성만점이다.

천천히 돌다리를 건넌다. 느긋한 마음으로 느껴보고 싶었지만 오가는 사람들이 너무 많아 아쉬웠다. 오랜 세월동안 이 다리를 오갔을 수많은 사람들의 사연이 오늘도 교각사이로 흐르고 있었다.

문득 견우직녀의 오작교 사랑이 떠오른다. 다리는 연결만이 아닌 만남과 이별의 의미이다. 산파産婆할멈의 다급한 발걸음도 있었겠지만 꽃상여가 건너기도 했을 것이다. 과거科擧를 치룰 선비가 홀어미나 아내의 배웅을 받으며 장도壯途에 오르던 곳이리라. 장원급제의 기쁨과 낙방落榜의 낙담落膽이 공존共存하는 곳이며, 나무 한 짐 가득한 지게를 받쳐놓은 돌쇠가 저문 강을 바라보며 고단함을 씻던 곳이다. 또 낮술에 불콰해진 김생원이 비틀거리며 건너던 다리이리라. 아니 지난날은 고사하고 천년세월을 훌쩍 넘어 나를 부른 인연의 다리를 느린 걸음으로 건넌다.

이 다리를 문학답사란 명분名分으로 마주했고 건넜다. 잠시도 머무르지 않고 교각사이를 빠져 나가는 물줄기처럼 잠깐의 만남이었지만 돌다

리는 나의 발걸음을 기억하리라. 아니 바로 물을 흘러 보내듯 아무런 흔적 없이 지우고 말지도 모른다. 아쉬움에 사진 몇 장을 담고 발길을 돌려 무심한 이별을 나눈다. 나가는 길에 인파人波가 썰물처럼 빠져나간 기념관에 들려 안내책자도 챙긴다. 때마침 농다리 사진전이 개최되고 있었다. 문우들의 빨리 오라는 성화成火가 들려올 때까지 사계절 운치韻致를 담은 다리의 아름다움을 감상하였다.

귀향歸鄕버스에서 문우들의 재잘거림이 농다리의 교각사이를 빠져나가는 물소리처럼 경쾌하고 활기차다. 2017

인연因緣의 끈

나른한 오후.

무료함을 달래고자 무심히 얄팍한 책 한권을 집어 들었다. 심심풀이 과자봉지도 미리 준비했다. 제목도 보지 않고 별생각 없이 시작한 책읽기였는데 페이지를 넘기면서 서서히 빠져들었다. 주전부리 봉지가 언제 비워졌는지 손은 빈 과자봉지 속을 더듬거리고 있다. 먹은 기억이 없는데 봉지가 비었다. 의도意圖하지 않은 몰입沒入의 경지이다. 책을 놓을 수

가 없었다. 끼니도, 변의便意조차 누른 채 시선한번 떼지 못하고 삼매三昧에 빠져든다. 페이지가 줄어들고 있다는 조바심 속에 벌써 마지막 단락段落이다. 아쉬움 속에서 마지막 페이지를 덮지 못한 채 한참동안 유체이탈遺體離脫을 경험한다.

그렇게 그의 작품세계와 인연을 맺었다. 김유정이었다. 작가의 이름을 돋을새김으로 기억하고, 그의 문학세계에 무단 승차했다. 그렇게 우연히 시작된 만남으로 한동안 그의 작품을 탐독耽讀했다. 행복했다. 그 행복감을 구체화 시키고 싶어 흔적을 찾아 나섰다. 헌책방을 뒤져 오래전(1968년)에 발간된 그의 전집全集도 구했다. 세월의 때가 진득 묻어있다. 활자가 세로로 편집되어 읽기가 거북했지만 그것 또한 성취감으로 다가왔다. 전집의 말미末尾에 볼펜으로 '졸업 1974. 1. 16(수)'라고 쓴 낙서가 있다. 어느 문학 지망생이 구입했던 책이거나 졸업선물이리라.

그와의 만남은 필연必然이었을까. 1994년 정부(문체부)에서 문인 김유정을 3월의 문화인물로 선정하였다. 그의 족적足跡을 다시 한 번 조명하는 다양한 행사가 계획되었다. 사방에 포스터가 나붙었다. 나는 그가 태어난 지역의 관청에서 문화업무를 맡고 있었다. 글짓기 공모에 학생부와는 달리 일반부는 참여도가 저조低調했다. 그동안 기념사업회에서 매년 추모제를 이끌어 왔지만 김유정에 대한 인식은 그리 높지 않았다. 행사 활성화를 위해 여기저기 문학단체 회원들과 글을 쓴다는 직원들에게도 전화로 응모를 권했다. 전화선을 타고 손 사례를 치는 모습이 눈앞에 보이는 듯 했다. 얼떨결에 불쑥 던졌던 말 한마디가 오늘의 나를 있게 한

단초端初가 되었다. 응모를 권하면서 '글
은 뭐 특별한 사람만 쓰나요, 문학소년
소녀 감성으로 돌아가서 응모應募해보세
요.' '저도 한편 내볼까하는데요' 빈말처
럼 던진 말 그물에 걸려들었다. 밤을 새
워가며 산문 한편을 쓰기 시작했다. 처
음에는 너무 어설프고 막막했지만 생각
을 깁고 또 짜깁기하여 완성할 수 있었
다. 그리곤 며칠 동안 수정修正과 퇴고推
敲 끝에 떨리는 마음으로 생애 첫 응모의
설렘을 맛보았다.

　며칠 후 내 글이 장원壯元으로 뽑혔다는 소식이 달팽이관을 통해 요동
搖動치며 끝도 없이 메아리쳤다. 뜻밖의 영예榮譽에 며칠 밤을 설쳤다. 온
몸에 전율戰慄이 일었다. 길을 가면서도 소리치고 싶었다. 콧노래가 절로
났다. 부끄러운 줄도 모르고 나의 시건방진 문학은 그렇게 시작되었다.
그러나 시상식의 화려함과는 달리 아무것도 변하지 않았다. 한국문협 이
사장 이름의 상장 한 장과 부상으로 막은 내렸다. 상 한번 타면 바로 문
인이 되는 줄 알았던 무지無知의 소치所致였다. 그래도 내게 숨어 있던 끼
를 발견한 덕에 간간이 습작習作을 끼적이곤 했다. 그 잔뿌리 하나가 키
자람을 시작했다. 문학 동아리를 기웃거리다가 발하나를 슬며시 들여놓
았다. 2006년 등단登壇이라는 절차를 통해 비로소 수필가라는 타이틀을
얻었다.

졸작抽作이지만 문학단체 문집文集에 일 년에 한두 편의 글이 활자화되었다. 여기저기에서 내 글을 읽었다는 전화가 오기도 했다. 으쓱했다. 그러나 시간이 갈수록 채워지지 않는 빈공간이 느껴졌다. 헛헛함이 더해갔다. 문학단체는 학교가 아니었기 때문이다. 갈증을 해소해 보려고 동인同人들을 따라 문학관 순례기행巡禮紀行도 참여했다.

이미 우리 곁을 떠난 문인의 속살을 보기위해서는 학문적이 아니더라도 관심이 필요했다. 작품을 두루 탐독耽讀하고, 작품들이 탄생한 그 곳에 스민 공기와 바람을 직접 부딪쳐보았다. 행간行間에서는 감지感知하지 못했던 또 다른 체온을 느낄 수 있었다. 오래전부터 익히 들어온 이름이라 친숙했지만 그들의 투철했던 문학의식에 오히려 주눅이 들었다.

시대적 추세趨勢에 따라 춘천에도 문학촌이 만들어졌다. 김유정 문학촌이다. 천석꾼의 아들로 태어났지만 가난과 병마病魔로 생을 마감한 김유정. 스물아홉해의 짧은 생애生涯로 스러져간 작가이나 그의 문학 혼은 참으로 경이롭다. 불과 몇 년 동안의 창작으로 우리의 가슴속을 파고든 그의 문학성은 가히 천재적이었다. 삶은 고되고 아팠지만 그의 뒷모습은 점점 큰 산으로 더욱 짙은 향을 뿜어내고 있다.

김유정 문학촌은 이제 춘천의 문화아이콘icon이자 한국의 자존심이기도 하다. 문인의 이름으로 기차역명을 지은 곳은 세계에서 이곳 하나뿐이란다. 경춘선 김유정 역. 이 또한 얼마나 자랑스럽고 멋진 일인가. 외지손님이 오면 문학촌으로 안내하며 슬쩍슬쩍 거드름을 피우기도 한다.

문학촌을 둘러보고 찾는 곳은 당연히 춘천의 별미인 닭갈비집이다. 둥근 철판에 둘러 앉아 그의 이야기를 이어간다. 누군가 장난삼아 빈정거린다. '너는 매일 닭고기를 먹을 수 있을 텐데 왜, 김유정 선생처럼 좋은 작품하나 못 쓰냐'며 일갈一喝한다. 가슴에 비수가 박힌다. 그래 김유정은 소망대로 닭 30마리와 뱀 10마리를 보양 했더라면 병석病席에서 벌떡 일어나 수많은 명작을 남겼을 텐데, 못들은 척하고 소주잔을 기울였다. 짜릿함이 목울대를 타고 내린다. 원고지를 채우듯 거듭 빈 술잔을 채운다. 글다운 글을 쓸 수 없는 무지스러움이 오늘따라 부끄럽고 야속하기만 하다.

　이 알코올 기운이 서서히 퍼지며 몸이 뜨거워진다. 이 열기가 이른 동백꽃을 피우는데 도움이 될지도 모른다는 엉뚱한 생각을 하며 연실 잔을 비워댄다. 2016

*

나의 사진은 그리움의 편린片鱗이다.
일기를 쓰듯 혼자만의 세계를 유영遊泳하며
렌즈의 시선을 향한다.
특별하지 않던 주변의 일상이 다른 감성으로
다가올 그 때
지그시 셔터를 눌렀다.

아직도 여행은 진행 중

예정에 없던 1박 2일의 여행을 떠났다.

겨우 이름 하나 남기고 사라진 사람을 찾는 미로迷路의 탐정여행에
탑승搭乘했다. 나름대로 주선자의 장황한 설명이 이어졌지만 몽타주
montage조차 만들 수 없었다. 나이도, 특징도 모른 채 그저 풍문風聞처럼
떠도는 미로에서 그를 찾아야 했다. 막막하다. 알려준 이름조차도 정확
한지 모르는 그를 찾고자 초행길의 안개 속에서 더듬거린다. 스무고개를
넘고 넘었지만 꼭꼭 숨어 머리카락조차 보이지 않는다.

어쩔 수 없이 인터넷 세상에 기거起居하시는 두 분의 큰 스승님께 알현
謁見을 청하고 고견高見을 물었다. 세상사 모든 걸 꿰뚫고 계시는 분이라
생각했는데 웬걸. 스승님마저도 고개를 갸웃거리시며 횡설수설하시다가
결국은 스스로 해결해 보란다. 어쩔 수 없이 괴나리봇짐을 둘러메고 길
을 떠나야 했다. 묻고 물으며 그렇게 다가가지만 도대체 실체를 잡을 길
이 없다. 차라리 아는 사람이 하나도 없다면 포기하고 싶었지만 "저기로
가보세유~" "저기에 가면 흔적이 있을거에유~" "할아버지가 말씀하시는
걸 듣기는 했는데 어릴 때라서 기억이……, 몇 년 전에 돌아가셨서유~"
가면 갈수록 물으면 물을 수 록 미궁迷宮에 빠져들었다. 답답했다. 되돌

아가고 싶다는 생각이 든다.

목도 마르고 출출하여 산 초입새에 있는 주막에 들어섰다. 막걸리 한 사발을 시원하게 들이키고 고개를 드니 산 그림자가 앞을 가로막는다. 한잔 걸친 김에 웃으면서 통성명通姓名을 나눈다. 그가 너르게 양팔을 벌리면서 '좌백호 우청룡을 아슈,' 불쑥 질문을 던진다. 우물쭈물하는 사이 대답은 듣지도 않고 떠벌인다. 자신은 강원도 횡성군 청일면, 둔내 면과 평창군 봉평면을 좌우로 거느리고 있는 1,261m의 태기산이란다. 사실 자신의 본명은 덕고라 했다. 오대산에서 갈라진 산맥 하나가 홍정 산을 지나 남쪽으로 방향을 틀면서 다시 솟아 오른 봉우리란다. 자신의 가슴에 품은 사연을 한번 들어보겠냐며 술 한 잔을 권한다. 귀동냥이라 도 해야 할 처지라 다시 평상에 털썩 주저앉는다. 그가 이야기를 풀어 놓는다.

'내 행색이 비록 이래보여도 왕년에는 한 가닥 했지요. 자, 여기 좀 보 슈' 옷깃을 풀어 헤치자 여기저기 상흔傷痕이 보이고 허물어져가는 성벽 이 문신처럼 새겨져 있다. '사실 너무 오래된 옛날이야기라 잊고 있었는 데 사람들이 어찌 알았는지 나도 제대로 기억 못하던 사실을 알고 있더 라고요', '요즘 무슨 일인지 이 문신을 찾는 사람들이 늘어나면서 요즈음 나도 내 과거에 대한 궁금증으로 잠을 잘 못 이루고 있다오', '내가 안내 할 테니 허물치 말고 동행하면서 서로 회포懷抱나 풀어봅시다.'

키 작은 대나무 조릿대로 뒤덮인 그의 가슴 길을 헤치며 구불구불한 능선을 오른다. 청량한 바람에 등줄기를 타고 흐르던 땀방울이 사라져 버린다. 능선을 따라 줄지어 있는 커다란 바람개비가 휘익! 휘익! 휘파람을 불며 느릿느릿 맴을 돌고 있다. 어지럽다. 불면증에 시달릴만했다. 바람의 언덕을 넘어 한숨에 달려온 바람이 나뭇잎을 흔들자 어디선가 함성이 들려오는듯하다.

'왕이시어', '왕이시여'

탁 트인 시야 건너편 안개 속에서 도열하고 있던 뭇 산들이 부복俯伏하며 조아린다. 운무雲霧에 잠긴 수많은 산봉우리의 계곡 속에서 웅성거리는 소리가 들려온다. 반백의 머리칼이 바람에 날린다. 모진풍파風波를 이겨온 흔적이 여실히 보인다. 지그시 눈을 감고 옛날이야기를 풀어놓듯 그는 다시 이야기를 시작한다.

"때는 삼국시대 이전, 한반도 중남부에 3개의 부족연맹 체제가 자리 잡고 있었지요. 보통 삼한이라 부르지만 사실은 마한馬韓, 변한弁韓, 진한辰韓 세 나라를 통칭하는 명칭이지요. 조금 쉽게 말 하자면 삼국의 전신이지요. 나중에 마한은 백제 국에서 백제로, 변한은 구야국에서 가야로, 진한은 사로국에서 신라가 되면서 한반도에 삼국시대가 형성되지요. 작은 부족국가 체제이다 보니 지도자의 힘이나 세력에 따라 나라의 흥망성쇠興亡盛衰가 좌우되었어요. 고만고만한 부족들이 서로 견제와 협력으로 유지되다가 알에서 태여 났다는 박혁거세가 사로국을 새로 세우면서 틈이

벌어지기 시작했지요. 주변 부족국가들을 하나씩 점령해 나가던 혁거세는 마지막까지 버티고 있는 진한을 침략했지요. 대규모 병사를 거느린 신흥세력인 사로군에게 대패한 진한군은 피난길에 오르지요. 소수의 병사를 이끌고 쫓기던 진한의 태기왕은 이곳 횡성까지 피신을 왔어요. 그리고는 지리적으로 적군을 방어하기 유리한 덕고산에 산성을 쌓고 재기의 꿈을 위해 군사력을 키우고 있었지요. 하지만 사로국의 박혁거세는 태기 왕이 살아 있음을 우려하고 이곳까지 쳐들어와 태기 왕과 진한의 군사들이 모조리 살육한 최후의 현장이랍니다. 결국 진한의 역사는 이곳에서 마침표를 찍고 말았지요. 오래전 일이지만 아직도 눈에 선해요. 마지막 결전으로 피범벅이 되었던 산성이 이렇게 허물어지며 기억조차도 가물거리니 참으로 세월의 힘이 무섭기만 해요. 그렇게 흔적과 체취가 완전히 사라졌음에도 아직 태기왕의 이름이 불러지고 있다는 게 불가사의不可思議하기만 하다우. 또 그 자취를 떠올리게 하는 어답산, 갑천면, 병지방 등 땅이름이 지워지지 않고 전해지고 있잖아요. 호랑이는 죽어 가죽을 남기고 사람은 이름을 남긴다더니……."

언제 끝날지도 모르겠던 이야기가 잠시 숨을 돌리며 회한悔恨에 빠져드는 동안 산그늘이 한참 길어졌다.

서쪽하늘로 몸을 낮추며 붉게 물 드는 태양. 아무것도 모르겠다는 듯 바람개비는 여전히 천천히 돌아가고 있었다. 더 어둡기 전에 산을 내려가야 한다. 아무런 소득도 없었지만 분명 이 고장에 태기산이 있었고 산성이 존재하고 있다. 태기왕의 역사적 사실을 논하기에는 미비하고 아리송하다. 역사적 기록에서 조차 실종된 흔적이 지명으로 이어져 긴 생명력으로 전해지는 이유는 무엇일까. 새로운 강자에 쫓기다 끝내 비운의 결말을 맞는 태기왕의 안타까운 설화說話가 슬프지 않은 이야기로 전해지는 게 더욱 아이러니irony 할뿐이다.

그가 숨어들었던 덕고산은 그의 이름을 빌려 태기산이 되고 어느 시기에 누가 쌓았는지도 모르는 산성은 태기산성으로 불린다. 뿐만 아니라 신라왕 박혁거세가 올랐다는 산은 어답산御踏山이 되고, 군사들이 피 묻은 갑옷은 씻었다는 개울은 갑천甲川이 되었다. 모두 설화에 얽힌 지명이다. 단서는 많은데 범인의 실체커녕 머리카락조차 찾지 못하고 돌아서는 여행길의 발걸음이 무겁기만 하다. 그 흔해 빠진 칡넝쿨조차 보이지 않는 태기산 굽은 길을 에돌며 해가 저물고 있다. 분명 그를 만났지만 손끝 하나 잡을 수 없던 그날의 꿈같은 여행은 아직도 진행 중이다. 2016

인감도장과 국새

　서랍 깊숙한 곳에서 이름 석 자가 돋을새김 된 도장을 꺼낸다.

　일 년에 겨우 한두 번 사용하지만 귀중품급의 대접을 받는 인감印鑑도
장이다. 세월의 손때와 인주印朱물이 빨갛게 물들어 연륜이 느껴진다. 보
통 나무나 돌로 만들지만 인감이라는 특별한 의미로 거금(?)을 주고 새긴
상아象牙도장이다.

　생애 첫 도장은 초교시절에 학급생
모두가 단체로 제작했던 나무도장이
었다. 타원형의 테안에 이름을 새긴 기
본형이었다. 숙련공이 5분이면 뚝딱
만들어 내던 소위 막도장이다. 그 도장
으로 마치 수캐가 오줌을 뿌려대듯 교
과서와 공책에 마구 영역표시를 하면
서 즐거워했다. 도장하나 찍었을 뿐이나 내 것이라는 분명한 표시가 되
었다. 서명署名으로 해결하는 서양과 달리 우리나라는 도장이 권리와 의
견을 대변代辯하고 대신하는 징표徵表이다. 모든 서류를 도장으로 증명하
던 시절 관공서 주변에는 한약방의 감초처럼 크지 않은 도장포圖章鋪가

있었다. 그때 인장업은 괜찮은 직업이자 사업이라 도장기술을 배우는 기술 중학교도 있었다.

우리 집에도 식구마다 도장이 있다. 그러나 세상이 변했다. 그 권위적이고 단단한 틀을 가진 관공서와 은행에서 서명이 통하는 시대가 되었다. 하지만 아직도 중요서류에는 인감이 필요하다. 특히 부동산 거래는 인감도장과 인감증명서가 필수적이다. 기관에서 발행한 공문서나 상장, 졸업장의 하단에 큼직한 도장이 찍혀야 신뢰 있는 진품으로 인정을 받는다. 선명하게 도장이 찍힘으로서 문서의 내용이 진실이며 책임지겠다는 약속이기 때문이다.

얼마 전 오바마 미대통령이 방한訪韓하면서 조선시대의 국새國璽 3점과 어보御寶 6점을 가지고 왔다. 고맙고 다행스러운 일이다. 그러나 한편으로는 황당했다, 국새와 어보는 한 나라의 인감과 자존심인데 어찌 우리 것을 가지고 생색을 낸단 말인가. 조선말 단발령斷髮令 때 선비들은 상투를 잘리지 않기 위해 목숨과도 바꾸던 민족의 후예後裔이다. 국새가 이렇게 관리되고 있었다는 것이 낯 뜨겁고 부끄럽다. 그가 아무런 조건 없이 반환했다면 머리 숙여 감사해야 하겠지만 이 어보가 돌아오기 까지 많은 우여곡절迂餘曲折과 노력이 있었다고 한다. 이번에 돌아온 국새는 용龍이 조각된 황제지보皇帝之寶이다. 1879년 고종이 대한제국을 선포宣布하면서 자주독립 의지의 상징성을 담아 만든 것이었다. 또 하나의 어보는 1907년에 순종이 고종에게 태황제라는 존호尊號를 올리면서 제작한 것이다. 우리나라의 어보 중 유일하게 8각형으로 만들어진 것이다. 타국他國에서 유랑流浪하다 반세기가 넘어서 돌아온 국새, 내 나라의 자존심을 스스로 지키지 못했던 서글픈 자화상이었다.

개인에게도 인감과 허드레용(?) 도장이 있듯 나라에도 다양한 종류로 도장이 있다. 조선시대에 많은 왕실도장이 제작되었는데 이를 통칭하여 보인寶印이라 했다. 국새國璽는 왕권과 왕실 그리고 국왕의 권위와 정통성을 상징한다. 외교 및 국내문서와 왕위 계승繼承 때 사용하는 도장이다. 국새는 국인國印 새보璽寶 대보大寶 옥새玉璽라고도 불렸다. 또 왕세자 왕세자빈 왕후 빈嬪 등이 사용하는 도장은 어보라는 이름으로 구분했다.

조선 초부터 대한제국까지의 국새는 금이나 은을 재료로 거북 모양으로 만들었다. 기록상 조선에서는 모두 366점이 만들어 졌는데 현재 323점이 남아있는 것으로 알려진다. 나머지 국새와 어보는 일제강점기와 한국전쟁을  거치면서 사라졌다. 상징적 의미는 물론 예술품으로 가치를 지니고 있어 약탈掠奪의 대상이 되었다. 미 대통령이 가지고 온 어보와 국새는 한국전쟁에 참전했던 미군장교가 기념으로 불법 반출했던 것이다. 후손이 경매競賣에 내놓았던 것을 압수押收한 것이라 했다.

국새는 임금이 밖으로 행차할 때도 대열의 제일 앞 가마에 실어 위엄威嚴을 과시했다. 국새가 실무성인 반면 어보는 상징성을 갖고 있다. 혼례나 책봉冊封 등 왕실의식과 시호, 존호를 올릴 때 제작되고 왕이 승하昇遐하면 종묘宗廟에 모시던 귀물貴物이었다. 이번에 반환된 어보 5과는 왕이 서화書畵나 시를 지을 때 쓰던 사인私人의 성격을 가진 것이다.

드라마나 영화에서는 옥새玉璽란 용어가 자주 쓰인다. 하지만 조선왕조실록 기록에는 전혀 등장하지 않는다. 옥새는 중국 진시황의 도장을 옥玉으로 만들어 황제의 인장을 통칭하는 말이 됐다. 제후국諸侯國이었던 조선은 금으로 만든 금보金寶를 사용했다. 중국을 의식하여 옥새란 표현을 피할 수밖에 없었기 때문이다.

중국은 황제의 도장이라며 봉황이나 용의 모양으로 만들었다. 하지만 조선의 국새는 같은 모양으로 만드는 것이 허락되지 않았다. 거북모양으로 만든 것도 중국 황제들에게 머리를 조아리고 받아야 했던 약소국弱小國이었다. 갑오개혁으로 중국과의 질긴 사대관계事大關係를 끝내며 비로소 우리 국새를 처음 만들었다. 대조선국보大朝鮮國寶와 대조선대군지보大朝鮮大君之寶이다. 다시 1897년 대한제국이 수립되면서 대한국새, 황제지새, 대원수보로 만들어 사용하다 해방을 맞는다. 1949년 5월에 대한민국이 건국되면서 대한민국지새大韓民國之璽라는 한자 전서체篆書體 국새가 만들어 진다. 이제까지의 국새는 모두 한자였으나 1963년 제2대 국새는 은으로 '대한민국'이라는 한글로 제작하였다. 지금 사용하는 다섯 번째 국새는 금 · 은 · 구리 · 아연 등을 합금合金 한 것이다. 한 쌍의 봉황위에 활짝 핀 무궁화 꽃을 조각하여 현대적인 예술성을 담았다.

  손때 묻은 인감도장을 마중물로 국새의 귀환歸還소식을 벅찬 가슴으로
맞는다. 창밖건너편 우체국 옥상에서 펄럭이는 태극기를 바라보다 나도
모르게 가슴에 손을 올린다. 마치 올림픽에서 금메달을 딴 선수처럼 눈
시울이 뜨거워졌다.
  대한민국이여, 영원하라. 2014

솔로몬의 미소

10여명에 불과한 우리사무실 과원의 행보行步는 뻔했다.

직원가족의 취향趣向은 물론 젓가락 숫자까지 안다고 해도 과언過言이 아니다. 한 솥밥을 먹기 시작한지 벌써 10여년이 넘었으니 당연히 그럴 만했다. 헌옷이라도 못 보던 옷을 입고 오면 착복식着服式을 해야 했다. 껀수(?)가 없는 춘궁기春窮期엔 벌채식(머리이발)까지 억지잔치를 벌리는 아기자기한 사무실이다. 그렇게 표정만 봐도 속심을 눈치 챌 수 있을 정도로 우리의 일거수일투족一擧手一投足은 뻔했다.

그만큼 특별한 변화가 없다는 뜻이기도 하다. 좋게 말하면 가족적인 분위기요, 나쁘게 표현하면 마주하는 게 웬수라는 애교 있는 표현도 서슴치 않는다. 그런데 요즈음 별안간 무섭게 변해가는 직원이 있었다. 그 놀라운 모습을 훔쳐보느라고 사무실에는 묘한 활기가 넘쳐나고 있었다.

15년 동안 진급과 인연이 없는 『민영필』 계장이 장본인이다. 『만년필』이라는 별명이 잘 어울리는 사십대 종반의 만년계장이다. 이름과 발음이 비슷하기도 하지만 결재 싸인 만큼은 사장님하사품이라며 꼭 구닥다리 만년필을 사용하여 붙여진 별명이다. 우리는 그가 없을 때는 늘 만년필 계장이라 불렀다. 가끔은 거래처의 신규직원이 별명인지도 모르고 공개

적으로 불러대는 바람에 사무실이 떠나가도록 웃음을 선사하는 이름의
주인공이다.

자린고비라는 또 하나 별명도 있다. 그의 절약정신은 우리사무실 아니
회사 전체에 이미 소문이 파다하다. 계절별 단벌신사이고 부서의 모임이
아니면 사시사철 구내식당을 애용하는 짠돌이였다. 그 구두쇠가 웬일인
지 요즈음 사무실로 시도 때도 없이 날아오는 직원경조사 부조금扶助金
봉투를 채우고 있었다. 아니 남발한다고 하는 편이 옳을 것 같았다. 결혼
식이 많은 이 달은 약간 과대포장을 하면 월급의 절반정도가 나갈 정도
인데도 그의 표정이 밝기만 했다. 얼마 전까지만 해도 부조금은 직속상
사가 아니면 모른척했으며, 부서 동료들의 부조금은 직계존비속直系尊卑
屬이라는 원칙을 고수하던 그가 아니었던가. 이번 주에도 예외 없이 3~5
건 정도의 고지서가(?) 날아들었다. 예전과 달리 일일이 시간점검을 해
가며 봉투를 채우고 있었다. 어떠한 사건이 그를 변하게 했는지 도무지
알 수 없었다. 우리들은 그가 자리를 비울 때마다 수군거리며 그의 행동
에 호기심과 의아심, 아니 궁금증으로 몸살을 앓고 있었다.

"혹 로또복권이라도 당첨된 게 아닐까?"
"시골에 팔리지도 않고 쓸모도 없는 땅을 물려 받아 재산세만 내고 있다며 투
덜대더니 혹시 그 땅이 비싸게 팔린 게 아닐까?"
"아니야 ! 저 자린고비가 깡촌의 땅뙈기 팔았다고 부조금을 펑펑 던질 위인이
아니잖아"
"사람이 별안간 변하면 좋지 않다는데……."

휴식시간에도 삼삼오오 모이
면 민계장 이야기로 꽃을 피웠
다. 평소 그의 돈 씀씀이는 누
구보다도 절제節制가 있었다.
절약을 위해서라면 다소 속이
드려다 보여도 미련한 척, 바보
인 척, 알아도 모르는 척, 마치 구렁이 담 넘어 가듯 위기를 넘기는 그였
다. 식사가 끝나고 계산시간이 되면 그는 언제나 엉거주춤한 모습으로
화장실에서 나오고 있었다. 그도 아니면 풀리지도 않은 구두끈을 천천히
옭매고 있는 모습으로 일관一貫했다. 오죽하면 민 계장님이 사주시는 술
한 잔 먹어봤으면 소원이 없겠다는 여직원도 있었다. 그런 비아냥거림도
아무렇지도 않게 웃어넘기는 여유와 뻔뻔함을 가진 위인爲人이었다.

목마른 사람이 우물을 판다고 했다. 답답함을 견디지 못하겠다는 듯
김 주임이 "요즈음 이렇게 건수가 없어서야 근무할 기분이 나질 않네요.
오늘 민 계장님이 한번 쏘시죠." 지나가는 말로 한번 던진다. 예전 같으
면 쳐다보지도 않고 "야! 이 사람아, 일은 안하고 툭하면 먹는 타령인가"
라던 민 계장이 마치 기다리기나 했다는 듯 활짝 웃는 얼굴로 "이사람
꽤 꿈꿈한 모양이군, 그래 오늘 저녁에 내가 한잔 살 테니 자리를 만들어
봐" 김 주임은 물론이고 이 소리를 들은 우리들은 서로 눈을 마주보며 예
상외에 반응反應에 입을 벌렸다. 퇴근 후 술자리를 함께 하면서도 왠지
석연치 않은 느낌이 들었다. 민 계장에게 술잔을 권하며 한 번씩 그 의

중의中을 떠 보지만 별다른 낌새를 발견할 수 없었다. 쌓이는 빈 술병의 숫자로 보아 꽤 마신 것 같은데 찝찝한 마음에 당최 분위기가 살아나지 않았다. 좌우간 자리를 털고 일어난 그가 계산대에서 지갑을 열고 배춧잎 지폐를 침 묻혀 세는 모습을 바라보았다. 우리는 비로소 그가 사는 술을 얻어먹었다는 것을 실감할 수 있었다. 술이 별안간 무섭게 달아오르는 듯한 느낌이 들었다. 그가 무섭게 변했다는 것을 확실하게 알 수 있었다. 이후에도 매주 축의금祝儀金 봉투를 기분 좋게 채우고 가끔은 술좌석도 마련하는 그의 모습을 아무렇지도 않게 바라보면서 연말年末을 맞고 있었다.

출근을 하니 하얀 청첩장이 책상마다 하나씩 놓여 있었다. 이 계절에 웬 청첩장이람? 하면서 뜯어보니 봉투 속에 또 하나의 종이가 들어 있었다. 의아해 하면서 종이를 펼친다. 손 편지였다.

안녕하세요, 저는 이번에 결혼을 하게 된 민영필씨의 차남 민대신입니다.
아버님께서는 많은 분들에게 부담을 주는 청첩장을 만들지 말고 가족끼리 조촐한 결혼식을 치르자고 하셨습니다. 그러나 인륜지대사를 혼자 치르기에는 너무 허전하여 이렇게 선생님께 초청장을 보내드립니다.

부끄러운 말씀입니다만 봄가을만 되면 우리 집은 예전의 보릿고개 같았습니다. 결혼시즌만 되면 가계는 생각지도 않으시고 월급의 많은 부분을 경조사비로 지출하시는 아버님의 오지랖 때문에 생활이 흔들거릴 정도였습니다.
전통 미풍양속인 십시일반十匙一飯의 나눔 정신을 실천하시던 아버님의 뜻에 거슬리지 않을 것으로 판단되어 이렇게 별도의 글월을 올리게 되었습니다.

여러 선생님들의 부담을 조금이라도 덜어 드리고자 이 계절을 택하여 결혼식을 올리게 되었습니다. 꼭 참석하여 주시리라 믿습니다.

2006년 12월 일

불시에 망치로 뒤통수를 한 대 맞은 띵한 울림이 왔다. 이건 초청장이 아니라 진짜 고지서告知書였다. 내용을 읽어본 우리들은 약속이나 한 듯 서로를 쳐다보며 고개를 끄떡였다. 그 동안 그렇게도 의아하던 궁금증은 이렇게 풀리고 말았다. 모두들 멍청한 표정을 지으면서도 조용히 부조금扶助金 봉투를 채우고 있었다. 말이 필요 없는 아침이었다. 그러나 모두 마음속으로 이렇게 외치고 있었다.

"만년필! 우리가 졌다, 졌어"

2006

유리벽

새 한마리가 느닷없이 사무실로 날아들었다.

탈출하려고 아우성치는 모습으로 보아 일부러 사무실로 들어온 것은 아니었다. 드넓은 하늘을 자유롭게 날다 얼떨결에 건물 안으로 들어온 것이리라. 좁은 공간에 갇혀버린 새는 어쩔 줄을 몰라 탈출을 시도試圖한다. 훤히 보이는 밖을 향해 돌진하던 새의 몸이 유리 창문에 부딪칠 때마다 깃털이 날린다. 회갈색 옷을 입은 모양으로 보아 직박구리라 불리는 철새인 것 같다. 잠시도 쉬지 않고 유리벽에 몸을 던지는 모습이 애처로울 뿐이다. 예상치 못했던 상황에 사무실이 술렁거렸다. 직원들이 일손을 멈추고 그가 순탄順坦하게 자연으로 돌아가기를 바라며 모든 창문을 열어주었다. 유리의 속성을 알 수 없는 새는 안타깝게도 유리에 부딪치고 떨어지기를 반복할 뿐이다. 필사必死의 날개 짓을 하며 맴돌던 새는 1시간여의 몸을 던지는 사투死鬪 끝에 가까스로 자연으로 돌아갈 수 있었다.

휴우~

새가 빠져나간 사무실은 한참동안 큰일을 마치고난 뒤처럼 적막감에 휩싸였다. 새가 없다는 것을 빼고는 1시간 전의 모습과 변함이 없지만 무언가 허전한 공간감으로 채워진다. 여기저기에 날리고 있는 작고 가벼운

깃털만이 조금 전의 급박急迫했던 시간을 증명하고 있을 뿐이었다.

새가 날아간 빈 하늘을 응시凝視하는 직원들의 뒷모습이 아름다운 실루엣silhouette으로 떠오른다.

자연과 인공, 동물과 인간

훤히 내다보이는 창공이건만 드나들 수 없는 저 투명한 벽.

늘 마주하면서도 교감交感이 이루어지지 않는 현대야 말로 유리벽사회가 아닐까. 반투명 한지 창을 통해서 우리선조들은 방안에서도 밖의 자연과 교감했으며, 바람 소리만으로도 계절을 느낄 수가 있었는데…….

언제부터인지 생활과 밀접한 관계를 맺고 있는 유리창, 이로 인해 우리의 삶과 정서가 더 밝아졌다고 생각했는데 오늘 투명한 유리의 이면裏面을 볼 수 있었다. 열림이 아닌 단절이었다. 저곳과 이곳이라는 두개의 극단적인 공간을 연출하고 있었다. 나는 유리벽을 넘나들 수 있는 시선視線이 아니었고 빛도 아니었다. 나는 지금 어느 공간에 살고 있는 것일까. 유리의 저편인지. 이 쪽인지 아니 유리벽 속에 갇혀있는지도 모른다.

사무실로 들어왔던 새는 사투死鬪 끝에 자유를 얻었지만 나는 지금 어떤 상황에 있는 것일까. 갇혀있는지 아닌지도 모르는 환경 속에서 안주安住하고 있는 것일까. 유리의 한 면을 막으면 실체를 그대로 반사하는 거울이 되고, 공간에 세우면 벽이 된다. 한 여름엔 거센 비바람을 막아주고, 한 겨울엔 찬바람과 눈보라를 막아주던 벽이었다. 여유롭게 창밖풍경을 바라보며 커피를 마실 수 있는 아늑한 공간연출로 나를 행복하게 했던 유리벽이 오늘은 단절감과 고독으로 다가온다.

투시透視와 단절斷絶의 이중성을 가진 저 투명 창을 깨버려야 겠다는 충동도 마음뿐이다. 행동으로 실천하지 못하는 오후. 만약 저 유리벽을 산산조각 내 버린다면 자유로울 수 있는 걸까. 저 벽을 벗어나 더 넓은 미지의 세계로 탈출을 시도할 용기가 있기는 한 걸까? 생사의 갈림길에서 겨우 탈출한 저 새는 이후 하늘을 날아가다가 가끔씩 유리벽 속에 갇혔던 악몽에 시달릴지 모른다. 내 시야의 허공에도 투명한 유리벽이 존재하는 건 아닌지, 멀쩡하게 눈을 뜨고도 갇혀 살아가는 것은 아닌지 모르겠다. 예전 가슴이 답답해 소리치며 울부짖던 혈기왕성한 청년기가 있었는데, 그 답답함은 어떤 이유였을까. 보이지 않는, 아니 느낄 수조차 없던 아주 큰 유리벽이 있었던 것은 아닐까?

유리창 너머의 나뭇가지가 흔들리는 걸 보니 바람이 불고 있나보다. 호호 입김을 불어 먼지가 나지막하게 엎드려 있는 유리창을 닦는다. 손길이 갈 때마다 유리창은 더 투명해 진다. 바람 부는 풍경이 보이지 않는다면 안팎을 구분 할 수 없을지도 모른다. 밖의 풍경과 나 사이에 아무것도 없다는 듯 투명막이 형성된다 . 내가 닦고 있는 것이 먼지가 아니라 벽이 있다는 것을, 아니 갇혀있다는 것을 부정하기 위한 행동일지도 모르겠다.

오늘도 사회규범이나 가슴속에 담긴 알량한 체면을 감추고 갇히지 않은 것처럼 유리 창문을 자꾸 닦아내고 있다. 2006

소양정昭陽亭에 올라

　오늘도 산은 묵묵히 그 자리를 지키고 있다.

　어떤 억겁億劫의 인연이 저토록 한곳에서 고집스럽게 머물게 하는 것
일까. 앞을 가로막고 있는 답답함에 고개를 돌려보지만 사방에 또 다른
산들이 버티고 있다. 산으로 울타리를 두른 고장. 그래서 춘천을 분지마
을이라 부른다.

　도시의 한가운데 홀로 솟아 있는 봉우리가 봉의산鳳儀山이다. 보는 위치
에 따라 1개에서 3개의 봉우리로 변화한다. 남쪽방향에서 보는 봉의산의
모습이 가장 아름답다. 3개의 봉우리가 형상문자로 산자山字처럼 보인다.
마치 새 한 마리가 날개를 펴고 하늘로 솟구치는 모습이다. 그 새는 죽순을
먹고 산다는 봉황새鳳凰鳥라 했다. 상서로움을 간직한 전설속의 새이다, 그
봉황을 위해 봉의산 앞에 대나무 숲 마을인 죽림동竹林洞이 있다.

　춘천의 진산鎭山인 봉의산.

　보통 산들은 그 뿌리가 이어지는 형세形勢를 가지고 있다. 그러나 봉의
산은 그야말로 하늘에서 내려와 앉은 듯 독야청청獨也靑靑이다. 도심 한
가운데 불쑥 솟아오른 봉의산을 정점으로 대룡산, 마적산, 수리봉, 화악
산, 북배산, 계관산, 삼악산, 금병산이 꼬리에 꼬리를 물고 마치 강강술래

를 돌듯 돌아난다.

매일 아침 해를 토해내는 대룡산은 동쪽에 길게 누어 게으름을 피우고 있다. 북쪽에는 오봉산이 북풍北風을 막아주고 뜨나리재浮沈峙와 무작개의 전설이 깃든 마적산이 보인다. 왼쪽으로 수리봉은 샘밭泉田 너른 뜰과 고대국가古代國家인 맥국貊國의 전설傳說을 오롯이 품고 있다.

또 의암호 너머 서북쪽 저 멀리 화악산이 1,468m의 큰 키로 우뚝 서 좌우의 낮은 산들을 거느리고 있다. 서남쪽으로 북배산, 계관산이 이어지다 신연강에 가로막혀 발길을 멈춘 삼악산, 춘천의 하루를 환하게 비추던 태양의 잠자리를 마련하는 산이다. 신연강 협곡 건너의 드름산 뒤편에는 한국문학의 큰 별인 김유정의 생가와 금병산이 자리하고 있다.

어디 그뿐이야,
분지 안에도 나지막한 우두산, 고산, 국사봉, 장군봉, 봉황대, 안마산이 청소년기의 여드름처럼 여기저기에 돋아 춘천의 웅지雄志를 품고 있다.
예전 어느 외국인 선교사가 비행기에서 춘천을 내려다보며 '와우! 마치 활짝 핀 한 송이 연꽃을 보는 것 같아요'라며 탄성을 질렀다고 한다. 이 말 한마디에 춘천의 아름다움이 함축되어 있다.

산을 두르고 두 물줄기를 벗 삼은 춘천의 아름다움을 보고자 예전 선비들은 소양정을 찾았다. 소양강변 봉의산기슭에 기대고 있어 춘천의 산하山河를 느껴볼 수 있는 최고의 명소였다. 물과 산, 두 가지를 즐길 수 있는 곳이라 이요루二樂樓라는 멋스런 옛 이름도 전해진다.

춘천의 상징인 봉의산과 소양강. 그 중에서도 소양정은 지금도 춘천답사踏査 일번지이다. 이곳을 다녀간 많은 시인묵객詩人墨客들이 지은 시문 현판詩文懸板이 걸려있다. 지금은 자리를 옮겨 누각樓閣이 되고 주변 풍광도 달라져 옛 정취를 고스란히 느낄 수는 없다. 하지만 북한강과 소양강이 부부의 인연을 맺으며 하나가 되는 의암호의 아름답고 너른 풍경을 한눈에 조망眺望할 수 있는 곳이다.

오늘은 풍류風流를 즐기던 선비의 마음으로 소양정에 오른다. 누각이 있는 마당으로 올라선다. 단아端雅하면서도 날렵한 누각이 봉의산을 배경으로 서있다. 앞마당 좌우에 도열堵列하고 있는 소나무가 허리를 숙여 공손히 인사를 한다. 우쭐거리는 마음으로 천천히 누각으로 오른다.

누정건축물은 자연에 대한 인간의 예술적취향이 가장 풍부하게 적용適用된 소산물所産物이라 했다. 소양정 내부의 아름다움을 찾는다. 서까래가 드러난 연등천장과 귀퉁이추녀의 부챗살 같은 선자연扇子椽의 짜임이 일품一品이다. 또 먼지가 묵직하게 내려앉은 한시현판도 고풍古風스럽다. 기둥과 기둥사이로 펼쳐진 풍경이 마치 한국화 한 폭처럼 다가온다. 푸른색으로 치장한 자연이 눈과 가슴을 시원하게 틔워준다. 전면에 키 큰 상수리나무와 아카시아가 시야를 조금 가려 아쉬움이 크다. 또 여기저기 들어선 아파트단지가 거슬리기는 해도 탁 트인 산하山河의 풍광에 후련한 상쾌함을 맛본다.

산은 그대로나 이미 물은 옛 물이 아니다. 비단 폭처럼 휘돌아 흐르던 소양강물은 의암호가 되어 발길을 멈추며 주저앉는다. 북한강을 거슬러 올라가던 소금배도, 금강산과 설악산에서 물길을 따라 내려오던 뗏목의 자취도, 고기잡이 돛배도 이제는 볼 수 없는 풍경이다.

파노라마처럼 펼쳐지는 춘천의 산과 들. 나무사이로 펼쳐진 풍광을 보며 잠시 눈을 지그시 감는다. 한 떼의 바람에 숲이 술렁이자 솔 향이 코끝을 스친다. 하얀 도포를 거치고 갓을 쓴 선비들이 정자에서 먹물을 흠뻑 찍어 시를 짓고 있다. 묵향墨香이 솔바람과 엉키며 자연과 하나가 된다. 시정詩情에 취한 선비들이 호탕하게 술잔을 주고받으며 시를 읊던 모습을 떠올린다.

그 선비들처럼 떠오른 시상詩想을 글로 표현하거나 한 폭 수묵화를 그릴 재주는 없다. 그러나 소양정에서 춘천의 아름다운 자연을 본다. 여유를 갖고 또 한 번 춘천의 풍광을 가슴에 담는다. 돛배가 떠있던 소양강엔 한껏 솟아오르는 분수와 철제 아치교가 새로운 명물이 되었다. 소양팔경昭陽八景 중 하나였던 우두 뜰에 자욱이 깔리던 밥 짓는 저녁연기[牛野暮煙]의 정취와 돛배에서 들려오던 피리소리[梅江漁笛]는 이미 사라진 풍경일 뿐이다. 그러나 월곡리에 드리운 아침안개[月谷朝霧]와 의암호 저 멀리 화악산에 감도는 푸르스름한 기운[華岳淸嵐]은 아직도 가슴을 열면 만날 수 있는 풍경이다.

소양정 누각위에서 춘천의 변해가는 풍광을 바라보며 나는 비로소 진정한 춘천사람이 된다. 2002

多不有時 다불유시

　요즈음은 어느 집이나 한두 점의 예술작품이 당당하게 걸려 있다. 어느 음식점이나 사무실에서도 벽면에 걸린 동양화나 서예작품들을 쉽게 볼 수 있다.

　불과 30여 년 전만 해도 흔치않은 풍경이었다. 소위 이발소그림이라 불리는 값싼(?)복제 유화나 달력사진을 오려 넣은 액자가 대청마루에 걸려 있었다. 또 개업식開業式이나 집들이 행사가 있으면 으레 친지들의 선물은 '축 입댁入宅' '축 발전'이라는 글씨를 써넣은 거울이나 시계였다. 10여 마리의 새끼들이 어미돼지 젖을 빠는 모습이나, 정겨운 초가집 마당에서 어미닭을 따라가는 병아리 떼 그림이었다. 또 가화만사성家和萬事成, 소문만복래笑門滿福來 등의 서예작품으로 사업번창과 화목을 기원했다.

　요즈음은 달력그림을 잘라 붙이거나 유리 가게에서 팔던 조악한 예술품은 보기조차 힘들다. 집안에서 돋보이는 벽면을 차지한 작품(?)들이 격조 있는 분위기를 연출한다. 자작품이거나 친지나 스승에게서 작품을 받은 사연을 설명하는 모습이 꽤나 진지하다. 물론 유명 예술인의 작품을 걸고 가격을 떠벌리는 사람이 있지만 우리 생활이 한결 여유롭고 윤

택해 졌다. 이러한 생활 문화는 반드시 빵이 해결된 뒤에 자연스럽게 따라오는 현상이기 때문이다.

곳곳에 고고하게 걸린 서예작품이 있지만 뜻은 고사하고 읽을 수도 없는 것이 대다수다. 글씨를 그림처럼 바라보던 적이 한두 번이 아니다. 물론 나의 한문 실력에 한계가 있지만 동행한 동료들에게 물어도 거의 고개를 흔들었다. 궁금증에 주인에게 질문을 해보지만 거의 모른다고 했다.

빈정이 상해 아니 뜻도 모르는 글씨를 왜 걸어 놓느냐고 하면 "뜻이 아무러면 어때요, 장식용으로는 최고예요. 저게 표구 값만 얼마짜린데……"라는 기막힌 현답賢答이다. 게다가 해서체楷書體 글씨보다 읽기가 난해難解한 전서篆書나 초서草書작품이 더 멋지다고 덧붙이는 말이 걸작傑作이다.

며칠 전 점심을 먹은 후 동료들과 요선동의 한 찻집을 찾았다. 여기서 우리의 한문 실력이 또 한 번 적나라赤裸裸하게 드러난 사건이 있었다. 일행 중 한 사람이 낙관落款이나 두인頭印도 없이 찻집 구석벽면에 삐딱하게 걸린 휘호揮毫를 보며 저게 무슨 뜻이냐고 물었다. 시선들이 한 곳으로 몰렸다. 잘 쓴 글씨체는 아니지만 해서체로 반듯하게 쓴 글씨라 읽는 데는 문제가 없었다. 이구동성異口同聲으로 "다불유시多不有時"라며 큰소리로 말했지만 뜻을 명쾌히 아는 사람은 없었다. 돌아가면서 한 마디씩 나름대로의 해석을 내려 본다. 결론 없는 의견이 분분紛紛했다.

"많을 다, 아니 불, 있을 유. 때 시"니 시간은 항상 있는 것 같으나 많은 것이 아니니 시간을 아껴쓰 라는 뜻이 아닐까? "내가 얕은 한

문 실력으로 그럴듯하게 포장을 하고 적당히 넘어가려는 순간 누군가가 화장실 위치를 묻는다. 계산대에 있던 주인이 "저기 크게 써 있잖아요." 하며 우리가 지금까지 갑론을박甲論乙駁하던 휘호 쪽을 가리킨다. 그러나 아무리 살펴보아도 그쪽에 휘호액자 이외에는 아무 것도 발견할 수 없었 다. 재차 질문이 던져지자 주인이 빙그레 웃으며 휘호 앞으로 다가선다. 그리곤 능청스럽게 혀 꼬부라진 소리로 "다불유시"(WC)라고 읽는다. 뭐 야? 주인의 우스꽝스런 행동이 의아했지만 곧 무릎을 치며 박장대소拍掌 大笑 했다. 화장실 뜻하는 영문을 그럴싸하게 한문으로 표기한 것이었다. 하긴 어느 카페의 화장실 문짝에는 화투장의 똥 껍질을 큼직하게 그려 놓기도 했다. 화장실은 근심을 풀어버리는 해우소解憂所라고 멋지게 표현 한 선인先人들의 기지機智를 이렇게 대응하다니…….

그뿐만 아니었다. 대학로 맥줏집 상호는 "龍BEER天歌"였다. 세종대왕 의 용비어천가를 변형하여 술손님을 청하는 정말 끼가 넘치는 세상이다. 이렇게 상술에 동원된 문자장난이 상혼商魂인지, 재치인지, 박수를 쳐야 할지, 웃고 말아야 할지 어이가 없었지만 우리 모두를 순간적이나마 즐 겁게 해준 사건 아닌 사건이었다. 2000

*

사진은 발견의 미학이 아니었다.
새로운 풍경이 아닌 새로운 가슴과
또 다른 눈을 통해 만들어 지는 것이었다.
새로운 시각언어를 찾고자
오늘 가슴을 열고 세상을 바라본다.
꽤나
긴- 호흡이 필요했다.

새끼손가락의 비애

다섯 개 손가락 중 가장 작고 여린 새끼손가락을 거는 행위는 약속이다. 아이들끼리, 어린이와 어른간의 확약確約이며, 청춘남여의 밀약密約과 확신이다. 어느 날 착한 일을 한 딸아이가 대견해 주말에 선물을 사주겠다고 했다. 아빠의 선심善心이 못미더웠는지 새끼손가락을 내민다. 작고 앙증맞은 손가락에 내 손가락을 걸고 흔들어 주었다. 손가락을 빼려는데 "도장도 찍어야지", "도장?" 되묻는 내게 "아빠 도장도 몰라?"하며 딱하다는 듯 엄지를 불쑥 쳐든다. 상황을 보니 엄지손가락을 맞대자는 뜻이다. 아이의 요구대로 엄지손가락을 맞대자 그제야 배시시 웃음을 띠우며 손가락을 푼다. 제 애비와 새끼손가락을 건 약속도 재확인을 해야 했다. 아이의 애교스런 장난이라고 생각하기에는 뒷맛이 개운치 않다. 하기사 나라님도 약속을 못 지켜 동시에 두 분이 법정에 서는 세상이니 누구를 믿을 수 있겠냐마는…….

손가락은 저마다의 이름과 역할을 가지고 있다. 벙어리장갑에서도 자신의 영역을 확보하고 주민등록에까지 존재를 각인刻印하는 엄지. 한때 네로Nero에게 붙어 방향에 따라 사람을 죽이고 살리던 무언無言의 명령어이기도 했다. 또 다섯 놈 중 의미부여에선 가장 약할 것 같은 둘째는 집게, 검지라고도 불린다. 방향의 지시자 역할과 삿대질로 늘 시비是非의 대상이 되지만 대화를 중단시키는 지략智略을 가지고 있다. 손의 중앙에 자리 잡고 있지만 특별한 의미가 없는 키다리 가운데 손가락, 또 이름도 없는 무명지라며 내숭을 떨면서 온갖 귀금속으로 치장治粧하고 약손가락이라는 애칭까지 가진 넷째, 그리고 마지막으로 작고 귀여운 모습이지만 약속의 대명사로 불리는 새끼손가락. 귀나 콧구멍을 후비는 휴대용 청소 도구로 한몫을 한다. 그중에서도 막걸리 한 대포를 할 때 요긴하게 쓰이기도 한다.

오랜만에 얼굴이나 보며 술 한 잔 하자는 선배시인의 정겨운 목소리에 약속장소로 나갔다. 오래된 전통시장이지만 활기를 잃어 한적한 요선시장의 목로 집에 들어섰다. 몇몇 낯익은 얼굴들이 먼저 자리하고 있었다. 두툼하고 바삭한 빈대떡과 막걸리 주전자가 들어왔

다. 보통 사기대접이나 양재기 술잔인데 오늘은 유리잔이다. 주전자가 비행을 하며 술잔을 채운다. 그런데 술 색갈이 반투명이다. '아니 막걸리를 하시자더니 웬 동동주에요'며 한마디 하자 "아니, 아직도 뜬 막걸리를 몰라?" 답답한 사람이라는 듯 한마디씩 한다. "뜬 막걸리?" 처음 듣는 술 이름이었다. 조심스럽게 술을 입술에 적시며 맛을 본다. 묘한 맛이 혀끝

에서 전해진다. 막걸리 맛도, 동동주 맛도 아니면서도 막걸리 맛이 살아 있다. 특별한 거부감이 없기에 한잔을 단숨에 들이켰다. 궁금증에 비해 새로운 술은 별것도 아니었다.

막걸리는 아래 부분에 앙금이 가라앉는다, 통을 흔들어 위의 맑은 부분과 앙금을 고루 섞은 후 마시는 것이 막걸리 음용법이다. 하지만 이 뜬 막걸리는 앙금을 섞지 않고 그 위에 떠있는 맑은 부분만 걷어낸 마치 약주 같은 것이었다. 별맛은 아닌데 텁텁한 뒷맛이 적어 깔끔하다. 술잔이 몇 순배巡杯 돌며 취기가 오르자 자꾸 새끼손가락이 근질거린다. 막걸리 술잔을 휘이 돌려 젖던 오랜 습관 때문이었다. 술기운이 더해갈수록 꿈틀거리는 새끼손가락의 본능本能이 자꾸 술잔에 얹힌다.

새끼손가락을 걸고도 엄지도장을 요구하는 세상이다. 자신의 일을 한 가지 잃어 하며 오므라드는 새끼손가락을 달래며 뜬 막걸리 잔을 비운다. 1996

220

생강나무

"에이! 그놈의 동백꽃 때문에……."

점심시간, 자판기 앞에서 애꿎은 일회용 종이컵을 구기던 함대리가 웃으며 투덜거린다. 함께 커피를 마시던 직원들이 씨- 웃으며 속칭 배춧잎으로 불리는 만 원권 다섯 장씩을 꺼낸다. 어제 생각지도 않게 마련하였던 환영식 부담금이다.

지난 2월부터 3월의 문화인물이라며 여기저기 포스터가 나붙고 연극 공연이다, 강연회다 하며 언론에서 분위기를 잔뜩 부풀리고 있었다. "단편소설의 선구자", "무지개처럼 나타났다 혜성처럼 사라진 작가"라는 수식어가 붙는 우리고장 문인 김유정을 기리는 행사였다. 이러한 분위기 속에서 그의 작품에 대한 대화가 자연스럽게 이어졌다. 그중 김유정의 대표작인 동백꽃이 화두에 올랐다. 아니 작품 이야기가 아닌 동백꽃 색깔 때문이었다. 동백꽃은 빨간색이라고 하는 염 차장과 노란색이라고 우기는 함 대리가 입씨름 끝에 진 사람이 술값을 내기로 하고 술집으로 향했다. 춘천에서 태어나 한 번도 고향을 떠나지 않은 토박이 함 대리와 불과 8개월 전 본사에서 낙하산 인사로 내려온 서울출신 염 차장간의 다툼이었다. 이러한 조건으로 이 결투(?)에 쾌재를 부른 건 그를 제외한 기획실 직원 모두였다. 결국 7대 1의 싸움이었다.

사실 지난해 염 차장이 이곳으로 전근해 오기 전 사내등반대회가 있었다. 등산은 춘천의 동남쪽에 위치한 해발 652m의 금병 산이었다. 산행은 김유정의 외가가 있던 학곡리 원창고개 마루에서 출발했다. 김유정의 소설 속 무대였던 문학지를 돌아보며 그의 생가 터가 있는 실레마을로 하산하는 2시간 코스의 등반이었다.

　그때 문학소녀처럼 늘- 시집을 품고 다니던 미스 정이 노란 꽃이 핀 꽃가지를 머리에 꽂으며 "혹시 이게 무슨 꽃인지 아세요, 꽃 이름을 맞추시면 제가 오늘 커피살게요." 하자 자기네 집 정원 자랑에 항상 침이 마르던 김 대리가 나선다. "음~ 이 꽃은 봄의 전령사라고 부르는 산수유야"라며 자신 있게 말한다. 정말이지 그 꽃은 박태기와 함께 이른 봄 정원에서 제일먼저 꽃을 피우는 산수유 같았다. 모두들 그 말이 맞는다는 듯 고개를 끄떡이며 긍정을 하자 "아니에요" 정색을 하는 미스 정의 목소리가 오늘따라 맑게 구른다. "정답을 아시는 분이 없는 것 같네요. 답을 알려드리는 대신 커피는 다른 분이 사주셔야 해요", "음, 이 꽃은 동백이에요, 김유정의 소설 속에 나오는 "동백꽃"말이에요," 하며 하산길 내내 그의 소설이야기로 꽃피우던 기억이 떠올랐다. 그때가 엊그제 일같이 생생한데 동백꽃이 빨간색이라고 우기는 염 차장이 가소로웠다. 그렇지 않아도 서울냄새를 풍기며 은연중에 엘리트임을 과시해 오던 염 차장이었다. 그뿐만 아니었다. 분기별로 실시되는 사원평가 때마다 높은 점수로 우리를 주눅 들게 했다. 속칭 KS출신 염 차장과의 싸움이었기에 관심이 고조되었다. 더더구나 정답을 이미 알고 있는 입장에서 전혀 부담을 느낄 필요도 없었다. 선약이 있는 실장님과 미스 정을 제외한 6명 전원이 참여했다. 모두 신이 났다. 브라보!를 외쳐대며 술잔을 계속 비워댔다. 술맛 중에 제일은 공짜 술이라더니 술맛은 정말 기가 막혔다. 돌아가며 목이 쉬도록 노래까지 불러댔다. 그렇지 않아도 일주일 내내 골치 아픈 프로젝트로 연이어지던 야근의 피로와 스트레스가 확 풀리는 기분이었다.

술을 별로 즐기지 않던 유 대리까지 신나게 마셔댄다. 기분 좋게 취한 함 대리가 "자! 이 정도에서 이별장을 가져오시지" 하자 지배인이 기다렸다는 듯 계산서를 가져온다. 총액 이십오 만원이다. 한사람이 부담하기에는 큰 액수지만 그래도 오늘은 돈 낼 사람이 따로 있으니 마음이 가볍다.

당초 약속대로 염 차장과 함 대리가 공동으로 사인을 했다. 술값은 진 사람의 월급에서 공제하면 되니까 계산서가 넘치도록 사인이 큼직하다. 정말이지 신나는 봄밤이었다. 그런데 그렇게도 좋았던 기분이 월급날인 바로 오늘 산산 조각이 나고 말았다. 술값을 낼 사람을 가리기 위해 함 대리는 미스 정을 내세웠고, 염 차장은 책한 권을 가지고 나왔다. "염 차장님이 지셨어요. 김유정의 동백꽃은 노란색이 맞거든요" 미스 정이 죄송하다는 듯 다소곳하게 말을 한다.

순간 염 차장의 입가에 야릇한 미소가 도는 듯싶더니 아무 말도 없이 책을 펼친다. 원색식물도감이다. 미리 접어놓았던지 한 번에 노란 꽃이 활짝 피어있는 사진이 보인다. 이미 봄이 무르익어 초여름을 달리고 있었지만 책갈피에서는 샛노란 동백꽃이 활짝 피어나 있었다. 알싸한 생강냄새가 피어나는 듯 했다. 염 차장은 의아해하는 분위기를 의식한 듯 헛기침을 한 뒤 조용히 말문을 연다. "바로 이 꽃이 여러분들이 말했던 그 꽃입니다. 이 수종은 여기 적혀있는 대로 녹나무과의 생강나무입니다." 단호한 어조로 결정을 내리는 듯하자, 순간 모든 시선이 미스 정에게로 향한다. 미스 정이 뭔가 한마디를 하려는 순간 "그러나 일명 동백 또는 동박나무라고도 불립니다." 직원들이 서로 마주보며 마른 침을 꿀꺽 삼킨다.

염 차장의 말이 이어진다.
"사실 김유정은 제가 가장 좋아하는 아니 존경하는 문인 중 한 분입니다. 고교 시절 그의 소설을 교과서보다 사랑했고 필독했던 문예반 학생이었습니다. 그런데 제가 가지고 있던 책자 중 동백꽃이라는 제명아래 그려 논 표지화는 붉은 동백, 즉 후피향나무과의 상록수인 동백화冬栢花였습니다. 노란색과 붉은색, 봄꽃과 겨울 꽃, 내가 알고 있는 동백과 소설속의 동백 때문에 혼돈이 왔고 그래서 이 식물도감까지 구입하게 되었던 것입니다." 잠시 침묵이 흘렀다. 다시 염 차장의 말이 이어진다. "제가 이곳으로 온지 벌써 여덟 달이 넘고 있습니다. 그런데도 저는 늘 객석에 앉아 있는 구경꾼 같이 지내오고 있었습니다. 솔직히 저는 외로웠습니다. 업무이외에는 여러분과 한 번도 인간적인 대화를 나누어 보지 못했습니다.

그러던 차에 마침 문화인물로 김유정이 선정되어 자연스럽게 이런 자리가 만들어졌습니다. 이 기회를 놓치고 싶지 않은 것이 솔직한 저의 심정이었습니다. 그날 신나고 마음 편하게 술잔을 나눈 시간이 너무 즐거웠습니다." 모두가 긍정한다는 듯 고개를 끄떡이고 있었다. "사실 술값은 이미 그날 제가 지불하고 나왔습니다. 앞으로도 계속 그날처럼 동료와 친구처럼 대해 주신다면 정말 고맙겠습니다." 말을 마친 염 차장이 아무 일도 없었다는 듯 사무실을 빠져나간다.

모두 머리가 띵했다. 마치 망치로 뒤통수를 맞은 기분이었다. 그날 퇴근시간 함 대리 아니 직원 누구랄 것도 없이 현관문을 밀치고 나가는 염 차장을 불러 세웠다. 그리고 우리는 8개월 만에 진정한 동료로서 그의 전입식을 거하게 치러주었던 것이다. 그렇게 우리보다 한 수 위인 그를 가족으로 받아드렸고 오늘이 그 외상값을 갚는 날이었다. 1994

돌이끼

작은 바람에 흔들리는 상수리나무 가지
잿빛 음으로 구슬피 울어대는
산비둘기 외롭다

벙어리 빗돌
무덤 속 그 사람과 인연
긴 묵언수행 끝에
목 메인 꽃송이를 피웠다

석공의 손길조차 잊힌 전생의 사연
세월이 중첩된 무거운 침묵에
나비조차 외면한
무심의 꽃향기가 왜 그리도 슬프던지

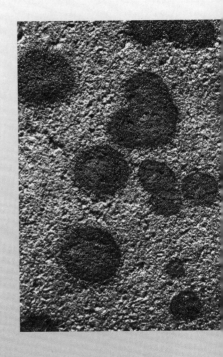

5
—
울안의 풍경

—
서당 개, 달보고 짖다

인연因緣

아직 손 시린 겨울인데 절기節氣는 벌써 오늘이 입춘立春이다.

찬바람이 창문을 흔들지만 유리창으로 들어오는 빛은 화사華奢하고 따뜻하기만 하다. 베란다 중앙을 차지한 큰 어항에도 봄볕이 든다. 물고기들이 움직일 때마다 유리파편처럼 부서지는 은빛 반짝임이 신선하다.

놈은 오늘도 S자로 구부러진 허리를 힘들게 흔들며 어렵게 먹이를 채고, 또 한 놈은 짧은 꽁지를 흔들며 비실비실 수면에서 비틀거리고 있다. 산다는 게 뭔지, 말 못하는 아픔이 가슴 찐하게 전해온다. 물을 갈아주며 그들과 두세 달에 한번쯤은 꼭 맨살을 부딪는 인연을 가진지 벌써 5년의 세월이 흐르고 있다.

여름방학 때마다 식구들과 근교 개울에서 견지낚시를 즐겼다. 몇 번의 출조出釣 경험으로 이제는 아이들도 낚시꾼이 다 되었다. 간단한 장비와 먹이만 있으면 해결되는 견지낚시는 우리의 주말 놀이이자 문화였다. 아내와 아이들은 징그럽다며 미끼도 끼우지 못하고 낚은 고기조차도 빼지 못하는 얼치기 꾼들이다. 나는 미끼를 달아주고 잡은 고기를 빼내는 조수노릇을 자청自請한다. 건강한 웃음이 넘쳐나는 냇가의 하루는 늘 즐겁고 싱그러웠다. 한 여름의 뜨거운 햇살도 우리가족의 극성을 이기지 못

하고 함께 하루를 보냈다. 피라미를 잡던 아이들은 싫증이 나면 낚싯대
를 걷고 물가에서 물장구를 치며 논다. 가끔씩 물가를 찾다보니 자연스
럽게 우리고장에 사는 민물고기에 관심을 갖게 되었다.

지인知人이 이사를 가며 선물로 준 어항에 우리가 잡은 물고기를 길러
보기로 했다. 피라미, 각시붕어, 모래무지, 줄납자루와 '부러지'라 불리
는 피라미 수놈 등 20여 마리를 페트병에 담아 어항으로 이주시켰다. 깨
끗한 물속을 신나게 헤엄치는 물고기를 보며 우리가족은 더없는 활기를
느꼈다. 야생어라 금붕어와는 달리 재빠르게 어항 속을 누비는 생동감
이 시선을 끌었다. 그러나 어항이 좁아 불안한지 작은 인기척에도 놀라
튀어나오거나 미친 듯이 어항 속을 돌았다. 어항에 적응適應하지 못한
몇몇은 결국 우리와 이별을 했다. 아이들이 불쌍하다며 정원에 정성껏
묻어주었다. 아이들에게 물고기의 죽음이 어떤 의미로 다가갔을까. 마
음에 상처가 될까 걱정을 했는데 다행이 며칠이 지나자 아이들은 다시
제자리로 돌아왔다. 하지만 못할 짓을 한 것 같은 죄의식에 마음이 무거
웠다.

이후에도 애써 잡아온 고기들이 자꾸 죽어갔다. 아이들 몰래 어항에
하얗게 뜬 물고기를 걷어내곤 했다. 포기하고 싶었지만 토종물고기를 길
러보겠다는 미련과 고집은 계속되었다. 시간이 걸리기는 했지만 실패를
통해 생물 다루는 법을 조금씩 자연스럽게 깨우친다. 가능하면 가까운
거리에서 산소가 풍부한 큰 그릇에 담아 이동을 했다. 어항에 미리 물을
받아 온도를 실온과 적당히 해야 스트레스를 받지 않는다는 상식도 얻었

다. 또 흐름이 느린 물에서 사는 고기를 어항으로 생포한 것이 성공률이 높다는 것도 알게 되었다.

몇 번의 이별을 경험한 후 기르기 적합한 붕어, 묵납자루 등 새끼 60여 마리로 어항을 채웠다. 어항에 산소공급기를 설치하고 옛 기와 몇 장을 쌓아 쉴 곳도 만들었다. 또 자연석으로 놀이마당도 꾸몄다. 정성이 갸륵했는지 이번에는 적응適應을 잘했다. 기와 속을 드나들며 무리를 지어 유영遊泳하는 모습이 아름다웠다. 두 달에 한 번씩 정성으로 물도 갈아주며 많은 대화를 나눈다. 그렇게 한 가족이 되었다. 사료도 잘 먹어 쑥쑥 커가는 물고기를 바라보는 즐거움으로 하루를 시작했다. 어느 날 그 중에서 이상한 놈을 발견했다. 기형어畸形魚, 아니 두 마리의 장애어障碍魚였다. 그 작은 어항 속 세상에도 아픔과 경쟁 그리고 잘난 자와 못난 자의 아픔이 존재存在하고 있었다.

등이 S자로 굽은 녀석과 뒤꼬리가 반 정도 잘린 녀석이었다. 등이 굽은 놈은 안쓰러운 모습으로 헤엄을 치면서 그런 대로 다른 동료들과 어울리고 있었다. 하지만 꼬리지느러미가 잘린 놈은 아래로 잠수潛水하기가 어려운지 수면에서 외톨이로 떠돌고 있었다. 볼품도 없고 보기가 민망해서 장애어를 치워버리

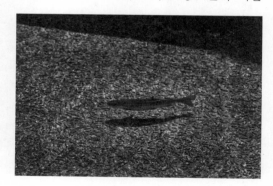

려 했다. 하지만 아이들과 아내가 불쌍하다며 그대로 키우자고 했다. 오히려 아이들이 다시 물고기에 관심을 갖는 계기가 되었다. 처음부터 장애가 있었는지 우리 집에 와서 사고를 당했는지 알 수 없었다. 그날부터 우리의 시선은 늘- 그들과 함께 있었다. 어디를 가도 유별나게 시선을 끄는 사람이 있다. 또 어느 곳에 있어도 드러나는 사람이 있다. 저렇게 물고기도 남다름으로 관심을 갖게 하는데 세상 속에서 내 모습은 어떻게 비춰질까. 문득 어항유리에 비친 내 모습을 본다. 한 번도 정상에 우뚝 서 본 경험이 없지만 아주 평범한 삶도 아니었다. 관심 한번 받아보지 못하고 여기까지 달려오기만 했던 것이 아닐까. 어떻게 살아야 잘사는 것일까.

그들이 떼 지어 헤엄치는 모습을 바라보는 시간이 즐겁기만 했다. 하지만 불쑥 커버린 물고기들로 어항이 좁아 보였다. 아니 좁아졌다. 정情이 더 깊어지기 전 고향으로 돌려보내 주자고 아이들과 약속을 한다. 다만 사료에 익숙해진 물고기들이 너른 호수를 어떻게 헤쳐 나갈지 걱정이다. 아마 며칠 동안 먹이 먹는 것도 잊고 자유를 만끽하겠지 "세상이 이렇게 넓을 줄이야"라고 외치며 의암호를 마음껏 헤엄치리라. 세상엔 이보다 너른 호수와 더더욱 큰 바다가 있는 줄도 모르고……

5년여 동안 정성껏 물을 갈아주고 먹이를 주던 나는 구속자일 뿐이었다. 방생放生이 그들에게 진정한 자유를 줄 것인지, 또 다른 시련을 줄 것인지는 나도 알 수 없다.

인연의 끈을 과감히 자른다. 어느새 나 또한 너른 호수를 자유롭게 유영하는 한 마리의 물고기가 되어 있었다. 2003

*
가족이라는 어휘는 아날로그적 모습이어야 한다.
냉정한 기호와 어떤 함수로도 감히 만들어 낼 수 없는
온기를 담고 있기 때문이다.
힘들거나 기쁨이 넘칠 때 가장 먼저 떠오르는 이름이고
식탁에 둘러앉아 따뜻한 밥을 나누는 얼굴이다.
혼자가 아닌 우리라는 이름으로 완성되는 무한 사랑의
가족이 있다는 것은 축복이다.
부딪침의 여백과 쉼을 통해 희로애락을 함께 나누는
이 울타리의 아늑함을 사랑한다.
간밤에 소리 없이 흰 눈이 내렸다.

현시대의 초상

어머니의 기일忌日이다.

병풍을 치고, 돗자리를 펼친다. 두루마기와 유건儒巾으로 의관衣冠도 갖
춘다. 또 정성으로 쓴 지방紙榜을 모시고 축문祝文을 짓는다.

조율이시棗栗梨柿, 좌포우혜左脯右醯의 형식을 갖춘 제사상 앞에 무릎 꿇
고 향을 사른다. 향불의 연기가 그윽하게 번져 나간다. 오랜 시간 기일
때마다 냉수 한잔을 떠놓고 제사를 대신했다. 불효로 가슴을 할퀴던 독
신獨身의 아린시간이 향불의 연기를 타고 피어오른다. 불혹不惑의 나이가
되어서야 상투를 틀고 격식을 갖춘 첫 제사였다. 정말 하염없이 눈물이
흘렀다. 아니 소리 없이 펑펑 울었다. 이제야 자식의 도리를 할 수 있게
되었다는 안도감에 울던 그날의 기억이 아직도 생생하다.

올해 제사는 아이들이 직장과 군 복무로 집을 떠난 상태라 아내와 둘뿐
이다. 아이들과 어릴 때부터 삼헌관三獻官으로 술잔을 올렸는데 혼자 제
사를 치르려니 막막하였다. 비로소 아이들이 없다는 부재감과 집이 텅
빈 것 같은 느낌이 든다. 아이들이 제례에 참여한 후에는 한 번도 함께하
지 않던 아내가 내 맘을 헤아리고 제례에 동참同參한다. 불쑥 아내가 볼

까봐 소리 없이 눈물을 흘리며 부복俯伏한 채 일어서지 못했던 첫 제사의
그 감동이 다시 떠올랐다.

어머니!

그 첫 기제忌祭를 올렸던 것이 엊그제 같은데 벌써 많은 시간이 흘렀
습니다. 당신을 향한 그리움은 날이 갈수록 깊어 가는데 이제는 그 모
습마저 사위어 갑니다. 아이들과 잠시만 떨어져도 이리 보고 싶은데 겨
우 여덟 살의 외아들을 두고 어찌 눈을 감으셨는지요. 그 동안 어미 없
는 슬픔으로 늘 원망으로 살아왔는데 오늘에서야 당신의 가슴을 헤아
려봅니다. 어머니, 꿈에서라도 한 번 뵙고 싶습니다. 절을 올리고 금방
일어서지 못하는 남편의 마음을 엿보던 아내가 숭늉을 준비한다며 자
리를 비켜준다. 핑계 김에 오랫동안 엎드린 채로 어머니 품속에서 한참
을 머물렀다.

아이들이 없어 단잔單盞을 올리는 제사가 이리도 송구悚懼할 줄이야.
전통적으로 무축단잔無祝單盞이라고 축문祝文 없이 한잔으로 봉행奉行하
는 제례도 있지만 너무 허전해 축문을 준비했다. 대신 예년과 달리 한글
로 축문을 지어 읽었는데 어째 운율韻律도 맞지 않고 멋쩍었다. 아이들이
이해도 못하는 한문축문을 고집할 필요가 없을 것 같아 시도했지만 어색
하기만 했다. 조상님도 놀라셨겠지만 나 역시 구시대의 의식으로 포장된
늙은이에 불과한 모양이다.

요즈음 조상의 날을 정해 제사를 한 번에 몰아서 올리는 제례방식이 번지고 있다고 한다. 제사 때마다 힘들어 하는 아내를 위해 귀가 솔깃하기도 했지만 말도 안 된다며 흥분했다. 늘 현실에 맞는 삶을 영위營爲해야 한다고 하면서도 보수적인 성격을 버리기가 쉽지 않다.

아내에게 기일에 제일 힘든 게 무어냐고 물었더니 예상외의 대답이다. 제사는 그대로 모시되 제물차림 형식을 개선하잖다. 어차피 제사를 마치고 먹는 음식인데 식단에 맞게 조정하자고 했다. 일리가 있기에 무릎을 맞대고 이야기를 나눈다. 우선 밤과 대추, 곶감과 생선포 같은 비실용적인 제물은 융통성 있게 대처하잖다.

조율이시棗栗梨柿로 지칭되는 대추, 밤, 배, 감을 놓는 건 그 과일의 씨앗이 상징하는 의미였다. 대추는 씨가 하나라 임금을 뜻하니 맨 처음에 놓았다. 이어 밤은 한 송이에 3개가 들어있어 3정승을 뜻하니 2번째 놓고, 배, 사과는 씨가 6개라 6조판서判書를 뜻해 3, 4번째 놓고 감은 씨가 8개라 8도 관찰사로 5번째 놓는 벼슬의 순서대로 놓는 형식이다.

억지 의미 담은 제물보다 딸기, 포도, 귤 같은 제철과일을 올리잖다. 또 바나나, 오렌지, 파인애플 같은 과일도 맛보시게 하자고 했다. 일리가 있었다. 북어포 또한 예전 생선이 귀할 때 올리던 방법이니 구하기 쉬운 제철해물을 쓰자고 했다. 파격적인 상차림에 조상님이 놀라실지 모르겠지만 구구절절 옳은 말이었다. 제사 때만 되면 나는 지방을 쓰고 밤(생률)을 치고 병풍과 돗자리 내 놓는 것으로 의무를 다했다. 아내는 제물을 만들기 위해 이틀 동안 분주해야했다. 제사를 마치고 나면 숙제를 해결했다는 듯 어구구~ 신음을 내며 허리를 펴던 아내이다. 사실 제사는 나를 있게 한 은혜와 혈육의 정을 기억하는 의식이다. 아이들에게 핏줄의 계보系譜를 알려주는 시간이자 전통양속을 전승하는 교육장이다. 바로 고개를 끄떡이고 싶었지만 뭔가 찜찜하여 생각해 보자고 했다. 살아계실 제 정성을 다하는 것이 효도지 돌아가신 후 격식이 뭐가 그리 중요하단 말인가. 마음은 아내가 원하는 방식을 따르고 싶었지만 그 말이 밖으로 나오지 않았다.

아직 다음기일이 멀어 생각할 시간은 넉넉하다. 다만 어떤 결정으로 이 과제를 풀어나가는 것이 현명한 판단이 될지 아리송하기만 하다.

현시대를 살아가는 구시대적 의식이 오늘 갈팡질팡하고 있다. 2012

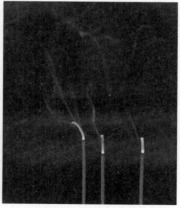

아내의 가출家出

아내가 훌쩍 집을 떠났다.

20여 년간의 결혼생활, 중년여인의 우울증까지 견뎌낸 아내에게 부족한 것은 무엇이었을까. 그녀만 빠져나간 것이 아니라 집안의 온기溫氣까지 함께 가지고 가버렸다. 을씨년스러움에 자꾸 헛기침이 나고 갈증에 입술이 마른다.

텅 빈 듯한 집안의 공기 속에서 아내의 자리를 곱씹어 본다. 처음 며칠간은 고삐 풀린 망아지처럼 돌아치며 자유, 자유를 만끽했다. 친구들과 밤이 이슥하도록 술잔을 기울이기도 했다. 그러나 기쁨은 잠시뿐이었다. 불과 며칠이 지나자 아내의 잔소리가 아름다운 화음和音이었을 거라는 착각이 들었다. 평소 잔소리를 하는 편이 아니었음에도 그 성화成火가 그리워졌다. 주인 잃은 텅 빈 침대와 아내의 뒷모습이 실루엣으로 고정되어 있던 주방의 창가에 그녀의 체취가 머물고 있다.

얼마 전 인기리에 종영된 TV연속극 "아내가 뿔났다"가 빌미를 제공한 것일까. 시부媤父와 아들내외, 손자 그리고 시누이까지 한집에서 생활하는 대가족 이야기였다. 전형적인 한국형 주부가 불쑥 자기만의 시간과 공간이 필요하다며 가족회의를 통해 1년간의 휴가를 떠난다. 같은 도시

242

내에 방을 얻고 자유를 만끽한다. 한가롭게 누워 음악을 들으며 책을 보고 화병에 꽃을 장식하기도 한다. 가족에 얽매어 할 수 없던 별것도 아닌 응어리를 풀어가는 내용이었다. 말도 안 되는 설정이라며 우리나라 연속극의 수준까지 들먹거렸다. 하지만 아내도 그녀처럼 홀홀 떠나 버렸다.

대한민국의 엄마들이 가장 두려워한다는 고 3짜리 아들을 과감히 뒤로했다. 대학생 딸내미와 남편의 곱지 않은 눈초리도 아랑곳하지 않았다. 가족회의라는 합법적인 절차도 거쳤기에 반론을 제기할 수 없었다. 가족의 뒷바라지에 최선을 다하던 아내였다. 그가 관광도 아닌 공부를 하겠다는 결심을 향해 손사래를 칠 수 없는 형편이었다.

학창시절 운동선수로 공부를 제대로 할 수 없던 여건을 늘 아쉬워했던 그녀였다. 오직 남편과 아이들을 위해 직장도 과감히 버렸던 아내였다. 주부와 엄마로의 역할로 행복을 자위自慰하던 그녀의 변화는 지역 문화 단체의 교육 프로그램에서 비롯되었다.

늦은 밤 작은 기척에 잠을 깨보면 거실에서 돋보기를 걸치고 영어사전을 뒤척이는 아내를 수시로 볼 수 있었다. 아내도 어느덧 안경 없이 작은 글씨를 볼 수 있는 청춘이 아니었다. 세월이 꽤 많이 흘렀다. 그럼에도 아내를 잠 못 이루게 하는 원천源泉은 무엇이었을까. 정말이지 늦바람이 무섭다는 걸 새삼스레 느낄 수 있었다. 아내의 적극성이 부러웠다. 정년停年이라는 그물에 갇혀 뭍으로 끌려 나온 나와는 달리 그는 새로운 인생을 시작 중이었다.

6개월 동안 살아갈 가방이 묵직하다. 공항을 빠져나가는 아내의 뒷모습을 바라보며 손을 흔들었다. 그녀를 실은 비행기가 장난감처럼 작아지다 허공 속으로 사라  져 버린다. 구름 몇 점 점점이 외로운 허공을 채운다.

처음에는 가능하면 따스한 밥으로 등교登校를 시켰다. 두어 달이 지나면서 초심初心을 잃어갔다. 김치찌개와 라면요리가 주 무기이던 내가 매일 반찬을 해댄다는 게 보통일이 아니었다. 음식을 만들 때마다 전화로 묻는 것도 한 두 번이었다. 간단해 보이던 콩나물국조차 비린내로 냄비를 가득 채우곤 했다. 가능하면 먹지 않으려 했던 인스턴트식품으로 때우는 빈도頻度가 높아졌다. 그나마 다행인건 인터넷 덕분에 어려움에 부딪칠 때마다 조언助言을 받았다. 친절하지는 않았지만 그의 지시를 따르면 그런대로 해결이 되곤 했다.

고3이라 자정子正이 넘어서 돌아오는 아들의 교복세탁도 난제難題였다. 아토피 피부염 때문에 멀쩡한 세탁기를 두고 숙제하듯 손빨래로 처리해야 했다. 그 동안 아내의 수고를 헤아릴 수 있었다. 스위치 하나로 해결되는 가전제품들과 딸애의 도움도 아내의 부재不在를 메울 수 없었다.

아이들이 등교하고 나면 집안은 순간적으로 조용해진다. 가끔씩 엘리베이터가 오르내리는 소리와 멀리 놀이터에서 아이들을 재잘거림이 들려온다. 또 느닷없이 정적을 흔드는 이동상인의 확성기 소리를 지우려 라디오를 켠다. 음악이 있다는 게 정말 고마웠다. 커피 물을 올린다. 한 방울씩 떨어지며 원두커피 향이 거실을 감싸면 비로소 안도감이 온다.

그 동안 아내의 아침이 이러했으리라.

문득 아내가 그리워 컴퓨터를 켠다. 요금 부담에 국제전화로 할 수 없었던 단어를 퍼질러 놓는다. 첫줄은 "그래 우리를 버리고 혼자 행복하냐?" 라고 투정부리며 시작하지만 메일의 마지막 행은 결국 이렇게 쓰고 만다.

여보! 언제 돌아와 정말 보고 시프다. 2009

꿈을 꿀까, 꿈을 이룰까?

어디선가 속삭이는 듯 소곤소곤 거리는 소리에 잠이 깨었다.

눈을 비비며 시계를 보니 새벽 3시. 잠든 아내를 위해 살며시 안방 문을 열었다. 창밖의 보안등 불빛에 어슴푸레 거실의 윤곽이 드러난다. 딸아이의 방문 틈사이로 불빛이 가늘게 삐져나오고 있다. 아직까지 공부를 하나, 아니면 불 끄는걸 잊어버렸나 생각하면서 혹시, 하는 불안한 마음에 방문에 귀를 대본다. 크지는 않지만 소곤거리는 목소리는 분명 남자의 목소리였다. 순간 잠이 확 달아나 버린다. 머리카락이 쭈뼛서는 것 같았다. 아이가 혼자 사용하는 방에 누가 있을 리가 없는데 홍분된 가슴을 누르며 다시 귀를 방문에 밀착시킨다. 선율과 함께 소곤거리는 소리의 주범은 라디오였다.

휴~

쿵쿵 뛰던 가슴을 쓸어내리며 살며시 문을 연다. 아이가 책상에 엎드려 자고 있다. 이제 고 3이다. 얼마나 중압감에 시달리는지 옆에 침대를 두고도 툭하면 책상에서 토막잠을 자고 있다. 시험기간이 아닌데도 열심히 하는 아이가 대견스럽다. 그럼에도 일등을 할 수 없는 현실이 안타깝다.

아니 등수문제가 아니다, 과외나 학원이 아니면 정상에 오를 수 없는 교육의 현실이 못마땅하다. 안쓰러운 마음에 어깨를 살며시 흔들자 아이는 깜짝 놀라며 반사적反射的으로 책을 펼친다. 강제적으로 공부를 하라고 한 것도 아닌데 자

신이 잠 들었다는 죄의식 때문이었을까. 잠결에 연필을 쥐고 자세를 바로 잡는다. 더 공부해야 한다는 아이를 달래서 침대에 누이고 딸애가 공부하던 책상에 잠시 앉아본다. 교과서가 아닌 문제집들이 어지럽게 펼쳐져 있다.

연습장에 깨알 같은 글씨가 넘쳐난다. 라디오에서는 아이가 잠든 것도 모르고 감미로운 음악과 함께 나지막한 목소리가 이어진다. 경제적인 여건으로 과외를 시킬 수 없는 현실이 가슴 아프다. 그래도 아무 투정 없이 열심히 공부하는 모습이 고맙기만 하다. 요즘 아이들은 365일 밤낮도 없이 시간과의 전쟁을 하고 있다. 인성人性의 성장이 아닌 점수 향상을 위한 문제집과의 싸움이다.

책상에 "지금 잠을 자면 꿈을 꾸지만 지금 공부하면 꿈을 이룰 수 있다." 라고 쓴 좌우명座右銘이 몽롱한 형광등 불빛아래 흔들리고 있다. "일등은 못해도 괜찮아. 다만 포기하는 건 바보란다. 환경이나 머리를 탓하지 말고 노력하는 것만이 최선이란다" 라는 상투적인 훈계로 은연중에

공부만을 강요(?)했다. 열심히 하면 과연 어떤 꿈이 보장되는 것일까. 진정 꿈이란 무엇일까. 아이는 어떤 꿈을 이루고 싶은 것 일까. 잠조차 마음 놓고 잘 수없는 강박관념 속에서 공부를 하는 딸애의 진정한 꿈이 무엇인지 궁금하다. 자신이 원하는 대학의 합격? 취업이나 결혼? 아니면 먼 훗날 미래를 위해 자신을 지켜주고 보호할 울타리를 만드는 것일까?

또 이러한 바람이 충족되고 나면 아이는 또 어떤 꿈을 꾸게 될까. 학창시절 우등생과 모범생들은 보편적으로 교사, 공무원 또는 기업체의 간부가 된다. 그러나 좀 엉뚱하거나 기질이 있던 친구들은 사업주나 생각지도 않게 성직자가 되기도 한다. 꿈의 실현實現은 성적순은 아닌데 공부를 강요할 수밖에 없는 현실이 안타까울 뿐이다.

전등과 라디오를 끄고 거실로 나왔다. 밖은 아직도 어둡다. 달은 어디로 사라진 것일까. 별 하나보이지 않는 어둔 하늘. 외롭게 서있는 보안등 불빛과 몇몇의 상가 간판 등이 하얀 밤을 지새우며 거리를 지킨다. 가끔 어둠을 헤치고 달리는 자동차가 영화 속의 장면처럼 펼쳐진다. 창문을 여니 한밤의 찬 공기가 얼굴과 가슴을 향해 달려든다. 잠은 이미 어디론가 사라져 버렸다.

청소년기 나의 꿈은 무엇이었을까? 불우한 환경의 자포자기自暴自棄 속에 꿈조차 제대로 꾸지 못했다. 그저 물위에 낙엽마냥 운명이라는 이름에 얹혀 흔들렸다. 무지개 꿈은 고사考査하고 희망제로였던 현실에서 벗어나고만 싶었다. 청소년기의 아린추억이 어둠속에서 스멀스멀 고개를 들고 피어오른다. 건너편 아파트에서 빨간 점하나가 껌벅이고 있다. 아마 나처럼 잠을 놓친 사람이 담배로 시름을 날리고 있는 모양이다. 순간 별 하나 보이지 않던 어둠의 공간에서 작은 유성 하나가 꼬리를 남기고 사라진다. 아직 여명黎明의 시간은 먼데 잠은 어둠의 상자 속에서 방황하고 있다. 아침을 기다리며 졸고 있는 가로등 불빛을 바라본다. 노력하는 사람들의 꿈들이 아침처럼 환하게 다가오기를 기도한다.

아이야! 아름다운 꿈을 꾸려무나. 공부에 치여 지금이 가장 힘든 시기라고 생각하겠지만 세월이 저만큼 지나고 나면 알게 된단다. 이 시기가 네 인생의 황금기라는 걸, 꿈은 아직도 네 곁에 머물고 있단다. 꿈은 다가오는 것이 아니라 다가가서 잡아야 하는 것이란다. 비가 온 후에 무지개를 볼 수 있는 것처럼 꿈은 네가 노력한 만큼의 무게와 색깔로 조금씩 다가오는 것이란다. 2007

*

꽃잎이 분분히 날리는 봄날
무심히 창밖을 바라보는 아내의 뒷모습을 본다.
평생 그대로 일 것 같던 사랑도 덤덤해진 세월
그 만큼 나도 변해 있겠지,
먼 산은 점점 짙어가는 데
성성한 머리를 쓸어 올리며 바라보는
봄날의 정경이 눈물겹다.

삶이 뭐 별거간디!

　직장동료로 복도에서 마주친 인연으로 우리는 하나가 되었다.
　강산도 변한다는 10여 년간의 길고 긴 시간이었다. 마주함과 외면, 만남과 헤어짐을 반복하는 가슴 저미는 열애(?)끝에 겨우 상투를 틀 수 있었다. 결혼을 전제한 만남은 아니었지만 세월의 두께가 커가면서 주위의 시선에 되돌아설 수도 없었다. 어떤 보이지 않는 힘에 의해 우리는 부부의 연을 맺었다.

　부모형제 없이 친척집에 얹혀 살아온 초라한 나의 이력과 짧은 가방끈은 부끄러움이었다. 그녀는 3남 4녀 중 맞선도 안보고 데려온다는 셋째 딸이었다. 나로서는 선택의 여지餘地가 없는 상황이었다. 희망의 무게를 달아 본 저울의 추는 언제나 그녀 쪽으로 기울었다. 티끌처럼 가볍고 초라한 내 모습에 절망하고 또 절망하였다. 그녀가 나 없으면 못 살겠다고 매달리던가. 오직 당신뿐이라는 한마디만 있어도 부딪쳐 보고 싶었다. 속내를 드러내지 않는 그녀를 바라보며 숨 막히는 시간을 보내야 했다. 큰 맘 먹고 집으로 찾아갔지만 눈 한번 마주치지 않는 그녀 부모님의 냉랭함은 겨울바람보다 매서웠다. 높디높은 벽을 도저히 넘을 수 없을 것 같았다. 모든 걸 백지로 만들고 싶었다. 그저 강물에 떠가는 낙엽처럼 저

252

항도 할 수 없는 여건이었다. 어디로 가는지 예측할 수 없는 시간을 보내야 했다. 인연이 아니라며 돌아서던 몇 차례 이별연습과 마주쳐도 타인처럼 무심하던 시간도 있었다. 짚신의 끈질긴 인연으로 우리는 어렵사리 하나가 되었다. 처갓집이 지근至近에 있었지만 쓰디쓴 외면에 장가가면 대접받는 씨암탉 맛도 알 수 없었다.

그래 설까 사랑이란 어휘조차 낯설어 예쁘게 포장해보지 못한 그 긴-시간들. 애꿎게 소주잔을 기울이며 가슴아파하던 시간도 이젠 추억이 되었다. 그 와중에 붕어빵 같은 두 아이의 엄마 아빠가 되고 20여년이란 세월에 묻혀가고 있다.

어렵게 맺어졌기에 보란 듯이 더 행복하게 살고 싶었다. 하지만 삶은 어쩔 수 없는 것인지 심심치 않게 다툼을 벌린다. 어제도 별것도 아닌 일을 가지고 아내와 토닥였다. 토라진 아내의 평평해진 뒷모습에서 김치냄새가 배어나고 아줌마의 억척스러움이 묻어난다. 그래도 아내는 나와 아이들을 위해 어제의 감정을 추스르고 따뜻한 저녁밥을 준비하고 있다.

TV에서 평생 싸움한번 안했다는 노부부가 나왔다. 서로 손을 꼭 잡은 채 이야기하는 모습을 보다가 아내와 눈길이 마주쳤다. 그 순간의 쑥스러움, 며칠 전의 다툼 때문은 아니었다. 왜 어려운 결혼을 하고도 왜 저 노부부처럼 살 수 없는 것일까. 저들은 어떤 전생의 인연을 가졌기에 웃으며 해로偕老할 수 있을까. 어딘지 모르게 닮은 말투와 외모를 보니 정말 저들은 방송용이 아닌 진짜 금슬琴瑟 좋은 부부라는 생각이 들었다.

그러나 질투감과 놀부 심보가 발동된다. 어떻게 그럴 수가 있을까 라는 의아심疑訝心이 부풀어 오른다. 피를 나눈 부모형제와도 다투며 살아가는 것이 삶인데 어찌 저렇게 살아 갈 수 있을까. 그러면서도 부럽다는 생각이 들지 않았다. 혹시 무조건 상대비유를 맞추거나 속내를 감추고 감정을 억누르며 사는 것은 아닐까. 라는 생각이 들 정도였다.

때론 사소한 말싸움이 감정대립으로 전이轉移된다, 며칠씩 말 한마디 하지 않으면서도 서로의 심중을 읽는다. 투덕거리면서도 아이들을 통해 화해하는 슬기를 깨우치며 살아간다. 또 적당한 시간이 흐른 뒤 싱거운 웃음한번으로 슬며시 되돌아오는 마술에 걸리기도 한다. 그렇다고 우리가 수시로 싸움만 하는 것은 아니다. 가끔은 배꼽이 빠지도록 마주보며 웃고, 또 가끔은 현실이 아닌 것처럼 행복에 겨워한다. 아주 가끔은 자신보다 서로를 위하는 배려로 신뢰를 쌓아 나간다. 소꿉놀이 같은 작은 즐거움에 만족하며 가끔은 두 손을 꼬옥 잡고 산책길에서 행복을 확인하기도 한다. 그러면서도 언제 그랬냐는 듯 또 토닥거리고 묵비권默祕權으로 또 며칠을 보내면서 세월의 두께를 더해 나가고 있다.

전생前生의 어떤 인연이 우리를 하나로 만들었는지 알 수 없다. 다만 그녀가 나의 갈비뼈로 만들어 진 사람이라 생각하면 너무나도 소중하다. 가진 건 부족해도 아내의 헛헛함을 달래주고자 가끔은 주방廚房의 빨간 고무장갑을 통해 체감을 나눈다, 또 어쩌다는 빨래비누 거품을 통해 아내의 향기를 맡는다. 향긋하다.

삶이 뭐 별거간디. 2007

부정유감 父情有感

아이에게 손찌검을 했다.

숨죽이며 흐느끼는지 이불이 들썩이는 모습이 문틈으로 보인다. 냉수를 들이켜고 창밖 풍경으로 시선을 돌린다. 흥분되었던 마음이 조금씩 진정된다. 아이 방을 한 번 더 바라보고 돌아서는 순간 거실구석 벽면에 장식품처럼 걸려있는 물건이 보였다.

"아, 저것이 있었는데........."

재작년 아이의 훈육용薫育用으로 구입한 죽비竹篦였다. 불가佛家에서 수행자의 졸음을 깨우거나 자세 등을 지도하고자 사용하는 도구이다. 대나무로 만든 단순한 모습에 비해 갈라진 두면이 분명하다. 부딪칠 때마다 짝! 하고 내는 경쾌하고 둔탁한 소리가 마음에 들었다. 훈계도구로 회초리 대신 효과음으로 역할이 가능할 듯 해 구입했던 물건이었다. 체벌體罰이 인정되던 시대에 성장한 우리세대는 잘못을 저지르면 맞는 것이 당연했다. 스승이 회초리로 제자의 종아리를 치는 단원의 그림을 보면서도 웃을 수 있었다. 스승이나 부모에게 복종과 순종은 당연한 미덕美德이었다. 그러나 세상이 달라졌고 인식認識이 성장했다. 하루가 다르게 변하는 사회적 현실은 자율성과 창의성이 우선되는 시대가 되었다.

아이는 TV시청이나 컴퓨터 게임을 할 때면 무서울 정도의 집중력을 갖는다. 그러나 책상에 앉기만 하면 30분도 못 버티고 졸거나 딴청을 하였다. 이때 죽비를 사용했다. 호통을 치기 전에 죽비로 소리를 내거나 등을 두드리면 순간적으로 집중력을 높이는 효과가 있었다. 또 화가 났을 때 손바닥을 때려 아이에게 수치감을 느끼게 하는 방법도 썼다. 그러나 아이가 불쑥 성장하면서 불과 몇 번 사용 후 장식품이 되고 말았다.

회초리는 교육의 상승효과와 올바른 인간을 만들기 위한 "사랑의 매"였다. 특별한 의미를 부여해 구입한 죽비를 두고 순간적인 감정으로 손찌검을 했으니 부끄러웠다. 언제나 격한 감정은 동물적인 행동을 유발誘發한다. 이불을 뒤집어 쓴 채 감정을 삭이고 있는 아이의 마음을 훔쳐본다. 가슴이 아프다. 조금만 더 참을걸. 아이는 육체의 고통보다 감정이 많이 상했으리라. 죽비를 사용해야 했어야 했는데…….

콩나물처럼 키 자라 이젠 발 돋음을 해야 눈높이를 맞출 수 있는 아이. 아직 성인은 아니지만 이젠 힘으로도 이길 수 없는 아이가 굴복屈服한 이유를 생각해본다. 아버지와 아들이라는 혈육의 끈이나 보호자의 권리를 인정할 수밖에 없는 관계 때문이었을까. 아이는 지금 어떤 감정으로 이 시간을 견디고 있을까.

지금도 TV에서 모정母情프로를 볼 때마다 눈물을 훔치는 이 아빠의 마음을 너는 잘 모르겠지. 어려서 어머니를 잃어 부모사랑의 작은 기억조차 없는 아빠의 아픔을 네가 어찌 알겠니. 더 좋은 아빠가 되고 싶었는데 순간의 감정을 억누르지 못했구나. 필요할 때는 매를 들어야한다고 했지만 매를 든 것이 아니라 감정을 분출噴出했기 때문이다. 성인이 계량計量한 잣대로, 유교적인 사고思考로, 구시대적인 시각에서 아이를 다루려 했다. 아이에게 손찌검을 할만 큼 나는 모범적으로 행동해 왔는지 자성自省의 시간을 갖는다. 조금씩 게으르며 무력해지는 나를 향해 죽비를 두드려 본다. 크지 않은 소리였음에도 그 울림이 가슴안쪽으로 밀려든다. 조금 더 참았어야 했는데…….

날이 밝으면 정식으로 아이에게 사과謝過하리라. 올바름으로 위장僞裝한 아빠의 행동이 부족했다고 그리고 이제부터는 홀로서기를 익혀야 된다고 말하리라.

죽비로 다시 한 번 내 손바닥을 힘껏 내리친다. 죽비소리가 꽃잎처럼 날린다. 청량淸亮한 죽비 향이 거실을 감싸며 흩어진다. 죽비를 다시 벽에 걸어 놓는다. 죽비는 아무 일도 없었다는 듯 제 모습으로 돌아간다. 꽤나 뒤척이는 긴 밤이 될 것 같다. 2005

팔불출 八不出

"아빠! 왜 사이다를 먹으면 코에서 비가와?"

턱을 괴고 초롱초롱한 눈망울로 끝없이 질문을 하던 막내가 벌써 초등학교 4학년이다. 일주일에 한 번 받는 천원의 용돈을 모아 어버이날 6,000원짜리 생화를 안겨 우리부부의 콧등을 찡하게 했다. 중 1인 딸애도 엄마의 생일에 몇 달 치의 용돈을 투자해 화장품 선물을 했다. 녀석들의 행보行步에 가족들의 기념일을 챙길 수밖에 없는 아빠이자 멋진 남편(?)이 되었다.

벌써 몇 년 전일이다.

늘- 그러하듯 겨우 눈비비고 깨어나 맞는 아침식탁은 그리 즐겁지 않다. 기지개와 함께 한 번도 빠지지 않고 올라오는 고정반찬 몇 가지, 밥맛이 있을 리 없다. 평소처럼 밥을 국에 말아 비우고 출근을 했다. 퇴근 후 동료들과 술 한 잔 나누고 집으로 들어서니 아내는 자고 있었다. 늦은 시간도 아니었고 내가 귀가 전에는 잠자리에 드는 법이 없던 아내였다. 혹시 아픈가 해서 아내의 이마에 살며시 손을 얹었다. 순간. 손을 냅다 뿌리치며 휙 등을 돌리고 돌아 누어버린다. 이크! 이거 무슨 일이 있었구나. 살짝 밖으로 나와 처형과 처남에게 전화를 해보았지만 이유를 알 수

259

없었다. 무슨 일이 있느냐고 오히려 되묻는다. 분위기에 눌려 TV도 못 켜고 안절부절못하다가 밥은 먹어야 할 것 같아 주방으로 간다. 싱크대 위에 주둥이가 뜯긴 미역봉투가 뒹굴고 있었다. 아차! 오늘 아침 미역국을 먹으며 "누구 생일이야"라고 생각 없이 내뱉은 말이 떠올랐다. 부리나케 달력을 보니 오늘 날짜에 빨간색 동그라미가 그려져 있다. 하단에 아내 생일이라고 쓴 내 글씨가 선명하다.

아내의 생일이었다. 결혼 후 아내의 생일을 기억하지 못하는 무감각의 남편에게 던진 무언의 시위였다. 누워있는 그녀의 동그란 등 뒤로 흐르던 쓸쓸함. 아내는 그때 울고 있었는지도 모른다. 아무도 기억해 주지 않는 자신의 생일, 미역국을 비우면서도 그 낌새를 채지 못하는 남편이 얼마나 원망스러웠을까. 아이들 생일은 그리 잘 챙기면서도 아내의 생일을 기억하지 못하는 습관성 건망증은 어디서부터 오는 것일까.

어려서 어머니를 여의고 친척집에서 청소년기를 보냈다. 청년기부터 혼자 생활하던 나에게 생일과 명절날은 위리안치圍籬安置의 형벌처럼 가혹酷하기만 했다. 남들이 흥청거리는 명절날이면 오히려 갈 곳이 없었다. 문 닫힌 식당을 원망하며 셋방에서 라면봉투를 뜯던 쓸쓸한 기억만 되살아 날뿐이다. 달력을 넘기다 날자가 지나쳐 버린 자신의 생일날을 보고 혼자 허허로이 웃던 기억이 어디 한 두 번이었던가. 기념일이란 도대체 무엇이란 말인가. 매년 정기적으로 오는 하루임에도 불구하고 왜 그렇게 사람을 초라하게 만드는지 모르겠다.

그러나 내게도 잊지 않는 날이 있다.

바로 어머니의 기일忌日이다. 새색시인 아내가 처음 맞던 시어머니의 기일. 제수祭需를 어떻게 만들어야 될지 모르겠다고 하면서도 이틀 동안 혼자서 제물을 마련했다. 그 제사상 앞에 엎드려 나는 비로소 아들이 되었고 불효자不孝子의 오명汚名을 한 겹 벗을 수 있었다. 그 동안 냉수 한 그릇 떠놓던 날들이 떠올랐다. 조율이시, 좌포우혜, 지방紙榜과 축문까지 격식을 갖춘 후 무릎 꿇고 엎드려 제주祭酒를 올리며 한없이 울었던 날이었다. 그 동안 도리를 다하지 못했던 못난 후손으로서의 부끄러움이 아닌 기쁨의 눈물이었다. 그렇게도 죄스럽던 마음이 일시에 해소解消된 기념비적인 날이었다. 그리곤 이렇게 제례를 치를 수 있게 해준 아내가 고맙고 사랑스러웠다. 불효에서 벗어난 홀가분함. 그래선지 지금도 기일이 다가오면 작은 흥분과 아내에 대한 고마움을 새삼스럽게 느끼고 있다.

연애와 결혼경력 20여 년 동안 아내의 생일을 챙겨본 것은 겨우 두 번에 불과했다. 한번은 아내를 놀라게 하려고 이벤트event를 준비했다가 해프닝happening으로 끝난 일이 있다. 아내의 생

일은 주민등록상 날자가 실제와 다르다. 양력이 아닌 음력이라는 것 이외에는 기억하기 좋은 2월 2일이다. 새해의 업무일지에 먼저 가족의 기

념일로 공간을 메웠다. 2월 2일을 찾아 "아내생일"이라 크게 써넣는다. 올해는 꼭 기억하리라. 마치 도박꾼처럼 2땡, 2땡하며 외워나갔다.

정성이 지극했는지 결혼 후 처음 아내의 생일날을 기억할 수 있었다. 아침에 축하의 말을 던지고 싶었지만 저녁의 이벤트를 위해 모른 척 출근을 했다. 지루하게 퇴근시간을 기다리다 한 다발의 꽃다발과 케이크 cake를 준비했다. 꽃다발을 들고 가는 게 어색했지만 놀라는 아내의 모습을 보고 싶었다. 모처럼의 기대감과 약간의 흥분에 몸이 떨려왔다. 어떤 말을 하며 꽃다발을 건네야 할지를 궁리하며 외식장소를 걱정하고 있었다. 당당하게 문을 열고 아무 소리 없이 환하게 웃으며 꽃다발을 전했다. 그런데 나를 바라보는 아내의 의아한 표정에 "이 이가 미쳤나?"라는 활자가 떠올랐다. 직감적으로 무엇인가 잘못되었다는 걸 느낄 수 있었다. 2땡 2땡하며 외운 것까지는 좋았는데 숫자에 연연戀戀하다보니 2월 2일을 22일로 착각했던 것이다. 20일이 지난 후에 축하꽃다발을 안기며 호들갑을 떠는 남편의 모습이 얼마나 코믹comic했을까. 미안하고 부끄러웠지만 웃으면서 케이크를 자르며 나름대로의 애정을 확인시킨 날이었다.

우리 아이들은 자신의 생일날이 되면 내게 평소 갖고 싶었던 선물을 신청한다. 그러면서도 제 엄마에게는 꼭 선물을 따로 준비했다. 생일이란 새 생명이 태어난 특별한 날이지만 출산의 고통을 감내堪耐한 엄마를 생각해야 한다는 아내의 교육 때문이다. 출산의 생리적 리듬 때문인지 아이들의 생일이 되면 몸이 찌뿌둥해 진다는 아내였다. 엄마이기에 앞서 여자라는 동질감 때문인지 자신의 생일 특별한 일이 없으면 장모님을 찾던 그였다. 자신이 태어난 기쁨보다 어머니의 아픔을 먼저 생각하게 하는 아내의 교육방법. 개인주의 팽배澎湃로 자기만을 아는 아이들에게 평생의 좌표座標가 될 것이라 생각된다.

　녀석들이 시집, 장가를 가서도 이러한 행위가 지속持續되고 이어지기를 바라는 이 마음이 과욕過慾이 아니기를 빌어본다. 2002

*

이제는 아내를 위해
따뜻한 커피 잔을 채우는 마음이
유일하게 사랑을 표현하는 한 방법일는지도 모릅니다.
한 스푼의 달콤함도 원하지 않는
그대를 위해
그저 쓴 커피를 준비할 뿐입니다.

감성과 지성의 그윽한 어울림
심창섭의 수필집 <서당 개, 달 보고 짓다>를 읽고

　수필가 심창섭은 〈서당 개, 달 보고 짓다〉의 서문 제목을 "로맨스그레이를 꿈꾸며"라고 붙였다. 로맨스그레이romance+grey! 머리가 희끗희끗한 초로初老, the beginning of middle age의 낭만적 양상을 지칭하는 표현이다. 중년을 지나는 사람들의 꿈이며 설렘을 주는 단어이기도 하다. 누군가를 사랑하거나 사랑받을 수 있다는 것은 아름답고 행복한 일이다. 작가가 60대를 지나며 유발되는 감성적 충동의 은밀한 사랑을 그려보는 시기에 머물고 있음을 말하지 않아도 알 수 있다.

　인간은 애정이라는 아주 특별한 감성적 동력을 유전적으로 부여받고 있다. 이것은 20대에 왕성한 충동으로 나타나지만, 중년이 지나고 노년이 되어도 그 원동력의 뿌리는 은밀히 지속되기도 한다. 이런 면에서 보면 사랑이란 인간이 가진 가장 강력한 생명의 동력이고 삶의 기쁨이며 희망이라 할 수 있다.

　작가는 종심從心의 시기에 그리고 등단 14년 만에 엮는 어눌하고 부족한 첫 산문집이라고 고백하고 있다. 늦은 감이 있지만 그의 글에서 묵은 지의 숙성된 미감美感을 느낄 수 있었다. 매사의 깐깐함으로 한 줄의 글에도 완벽성을 추구하는 성향이 엿보인다. 이런 면에서 이 책이 더 주목되는 것이다. 작가는 자기 글을 읽고 또 읽으면서 다듬는 '완전성'을 창작의 철학으로 간직하고 있는 듯하다.

작가의 철학은 자칫 유연성 없는 아집我執으로 고착되는 부정적 요인이 되기도 하지만 이러한 특징이 본보기로 귀감龜鑑이 될 수도 있는 것이다. 실제로 모든 저술은 작가로부터 비롯되어 독자들에게 귀착되는 것으로, 그 메시지, 그 의미, 그 가치가 허술하게 조건화되어서는 안 되기 때문이다. 모든 문학 작품은 나로부터 비롯되어 다른 독자들에게 전해짐으로써 비로소 그 존재 의미가 완성된다는 사실에 주목할 필요가 있다. 바로 이런 점에서 이 수필집은 "범사에 완전하라."라는 의미를 전하고 있다고 할 수 있다.

그러나 이 메시지는 은밀할 뿐 독자들을 억압하는 짐이 되는 것은 아니다. 그의 문장 진술이 겉으론 아주 유연하고 친근하면서 속으론 은밀히 가슴을 누르는 화법에 기초하고 있다는 사실이다. 실제로 글쓰기의 가장 중요한 과제가 바로 이와 같은 절묘한 화법의 사용이다. 모든 문장들은 너무 직설적이어서도 안 되고, 너무 우회적이어서도 안 된다. 그런데 놀랍게도 작가는 이러한 기법상의 조건을 아우르고 있다. 적절한 문장 길이를 유지하면서 독자들의 독서가 유연하게 유지되도록 조건화하고 있는 것이다.

그리고 이 책을 통해 주목되는 또 하나는 그가 두 번의 개인전을 가진 사진가라는 사실이다, 수필집에 작가의 감성적 사진작품이 글과 함께 녹아있는 점을 간과看過해서는 안 된다. 글과 사진이 어우러지는 시각적 감흥은 작가만이 갖는 또 다른 매력이기 때문이다.

이제 그의 운문 중 한 편 〈봄 밤〉을 옮겨 본다.

그대,
낮술에 흔들려 본 적이 있는가.
불콰해진 얼굴
태양이 너무 밝아 눈을 감으면
발걸음이 흔들렸지

떠오르지도 않는 첫사랑을 각색하며
흥얼거리는 콧노래 끝에 떠오른 그리움 하나
오늘 술맛이 왜 좋았는지
혼자만의 추억에 빙긋거린다.

호수 너머에서 달려 온 초록 바람
낯설지 않은 체취로
가슴을 풀어헤치게 하는 한낮의 흔들림
봄날,
스스로 몸을 허문다.

이 글은 사랑, 바람, 봄날 등의 단어가 보여주는 감성적 서정을 기반으로 하고 있다. 여기에서 서정은 우리 인간이 '무엇을 느낌으로 판단하는 마음 상태'를 말하는 것으로, 바로 이러한 관점에서 위의 글은 서정시로 분류할 수 있다. 시의 주된 성향은 바로 이러한 서정抒情, lyricism에 기초를 두어 집필되는 것이다.

심창섭의 글은 문장의 언어 표현이나 내적 메시지가 매우 '시적詩的, poetic'이라는 사실이 주목된다. 그의 수필은 산문이되 시와 같은 메시지 함축성含蓄性, connotation을 갖는다. 그만큼 작가의 글은 그 표면적 유연함 속에 매우 뜻 깊은 의미가 메시지로 읽힌다. 공감 확보의 뛰어난 문장력을 품고 있는 것이다.

이런 면에서 이 책은 단순한 수필집의 한계를 넘어 문인들과 문학 지망생들에게 모본이 될 것으로 생각한다. 그의 심도 있는 그 진정성, 그 표현력, 그 메시지의 차별성이 수필계를 이끄는 역동적 힘이 되기를 바란다.

박 민 수
시인, 문학박사, 전 춘천교대 총장

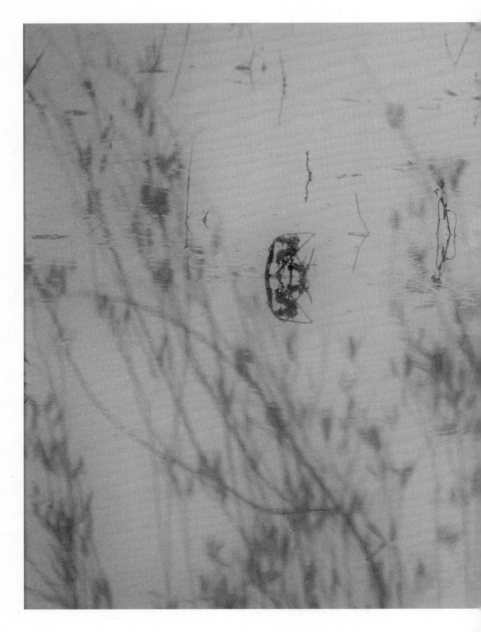

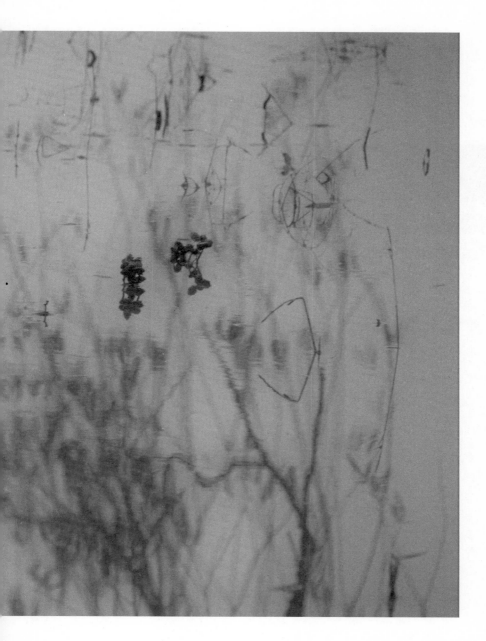

sensibility miscellany
—

서당 개, 달보고 짖다

2020년 12월 23일 초판 1쇄 발행

글·사진 심창섭
펴낸이 원미경
펴낸곳 도서출판 산책
편집 김미나

등록 1993년 5월 1일 춘천80호
주소 강원도 춘천시 우두강둑길 23
전화 (033)254_8912
이메일 book4119@hanmail.net

–
이 책은 춘천시문화재단 지원금을 받아 제작되었습니다. CF 춘천문화재단
Chuncheon Cultural Foundation